रोचक
जातक कथाएँ

प्रदीपिका

प्रतिभा प्रतिष्ठान, नई दिल्ली

प्रकाशक : प्रतिभा प्रतिष्ठान,
694–बी, (निकट अजय मार्केट) चावड़ी बाजार, दिल्ली–110006
 / संस्करण : 2022 / मूल्य : तीन सौ रुपए
मुद्रक : नरुला प्रिंटर्स, दिल्ली ISBN 978-93-80823-05-8

ROCHAK JATAK KATHAYEN

by Pradeepika ₹ 300.00

Published by Pratibha Pratishthan, 694-B, (Near Ajay Market) Chawri Bazar, Delhi-110006

अपनी बात

शिक्षा, चरित्र तथा नीति-ज्ञान पर लिखी जातक कथाएँ आज भी हमारे जीवन को एक नई दिशा की ओर ले जाने में सहायक होती हैं। पशु-पक्षियों तथा अनेक चरित्रों के माध्यम से लेखक ने कथाओं को रोचक तथा ज्ञानवर्द्धक बनाने का प्रयास किया है। हमारे जीवन में इन कथाओं का महत्त्वपूर्ण स्थान है। मूल लेखक आर्यशूर द्वारा लिखी जातक कथाओं में से कुछ रोचक एवं शिक्षाप्रद कथाएँ सरल भाषा एवं चित्रों द्वारा आपके लिए प्रस्तुत हैं। मुझे विश्वास है, ये कथाएँ पाठकों के लिए अवश्य ही मनोरंजक एवं शिक्षा में सहायक होंगी।

कहाँ क्या है?

बेटे की सीख

एक गाँव में सीधा-सादा किसान रहता था। उसके पास थोड़ी सी जमीन थी, जिस पर वह खेती करके अपना और अपने परिवार का पेट भरता था।

किसान का एक ही पुत्र था, जिसका नाम तामस था। तामस को किसान बहुत प्यार करता था। किसान स्वयं भूखा रहकर भी तामस को किसी वस्तु की कमी नहीं होने देता था। तामस दिन भर खेलता रहता और कोई काम नहीं करता था।

किसान की पत्नी को तामस की आदतें जरा भी अच्छी नहीं लगती थीं। एक दिन उसने किसान से कहा, ''देखो जी, तामस अब बड़ा हो चुका है। उससे खेतों में काम कराओ, अब तुम्हें भी बुढ़ापा आने लगा है। तुम अकेले खेतों में कब तक खून-पसीना बहाते रहोगे?''

किसान अपनी पत्नी की बात काटते हुए बोला, ''भाग्यवान, हमारा एक ही तो बेटा है, यह उम्र उसकी खेलने-कूदने की है, जब समय आएगा तो अपनी जिम्मेदारी का बोझ स्वयं ही उठा लेगा। अभी तो मेरे हाथ-पैर चल रहे हैं। तामस तो हमारे बुढ़ापे का सहारा है, वह हमें कष्ट नहीं होने देगा।''

धीरे-धीरे तामस जवान हो गया। पिता ने तामस का विवाह भी कर

दिया। खेती के काम में पिता का हाथ बँटाना तामस ने जरूरी नहीं समझा।

पूरे परिवार की जिम्मेदारी अब भी किसान के कंधों पर ही थी। तामस को तो अपनी पत्नी के नखरे उठाने से ही फुरसत नहीं थी। वह हर समय निठल्ला बैठा रहता और बूढ़ा किसान खेतों में मजदूर की तरह काम करता रहता था।

दिन-रात मेहनत करते रहने से किसान बीमार रहने लगा, उसे खाँसी और दमे की बीमारी ने जकड़ लिया। धीरे-धीरे उसने बिस्तर पकड़ लिया। अब किसान का चलना-फिरना, खाना-पीना सब बंद हो गया था।

तामस अपनी माँ की बात भी नहीं सुनता था। जब किसान की पत्नी तामस को उलटा-सीधा कहती, तब वह खेतों पर चला तो जाता, परंतु बिना काम किए ही वापस लौट आता था।

कुछ दिन बाद ही तामस पिता बन गया। उसकी पत्नी ने एक सुंदर पुत्र को जन्म दिया। तामस की पत्नी भी बहुत आलसी थी। वह घर का कोई भी काम नहीं करती थी। दोनों पत्नी-पति खाली बैठे-बैठे आपस में बातें करते रहते थे। विवश होकर बच्चे की देखभाल दादा-दादी को ही करनी पड़ती थी।

दादा-दादी बच्चे को बहुत प्यार करते थे, इसलिए बच्चा उनके पास ही रहता था। तामस की पत्नी को अपने पुत्र का दादा-दादी के पास रहना जरा भी अच्छा नहीं लगता था।

किसान की पत्नी तामस को निकम्मा और निठल्ला देखकर पूरी तरह टूट गई। उसे हर समय अपने बेटे की चिंता सताती रहती थी। एक दिन किसान की पत्नी का देहांत हो गया। बेचारा किसान पत्नी के बिना बेसहारा हो गया।

तामस कामचोर था। खेती के काम में उसकी रुचि नहीं थी। धीरे-धीरे खेती की पैदावार कम होने लगी और घर में खाने-पीने की दिक्कत हो गई। खेती कम अन्न देती थी। इसका दोष भी तामस ने अपने बूढ़े पिता पर लगा दिया। तामस की पत्नी हर समय यही कहती, "बूढ़ा चारपाई पर पड़ा-पड़ा रोटियाँ तोड़ता रहता है। घर का अन्न बरबाद कर

रहा है। इसे कोई काम-धंधा नहीं है।''

तामस का पुत्र अपने दादा के आस-पास ही मँडराता रहता था। वह दादा को अपनी जान से भी अधिक प्रेम करता था। दादा के पास अपने पुत्र को खेलते देखकर तामस और उसकी पत्नी और भी चिढ़ जाते थे।

एक दिन तामस की पत्नी ने कहा, ''यह बुड्ढा खा-खाकर हमारा अनाज बरबाद कर रहा है। पूरी रात खाँसता रहता है, हमें सोने भी नहीं देता। यदि तुम रात को आराम नहीं करोगे तो दिन में खेतों पर काम कैसे कर पाओगे? दिन भर हमारे बेटे को सीने से लगाकर रखता है, यदि उसे भी दमा हो गया तो हम क्या करेंगे? अब तो इस बुड्ढे को कहीं दूसरी जगह भेज दो, वरना मैं यहाँ नहीं रहूँगी।''

तामस ने कहा, ''तू चिंता क्यों करती है? मैं इस बुड्ढे को कल ही ठिकाने लगा दूँगा। मैं भी इससे तंग आ चुका हूँ।''

दूसरे दिन तामस ने बैलगाड़ी में कुदाली, फावड़ा व बेलचा रखा और अपने बूढ़े बाप को गाड़ी पर लाद लिया। तभी तामस का पुत्र नींद से जागकर बोला, ''बापू, आप बाबा को कहाँ लेकर जा रहे हो?''

तामस बोला, ''तुम्हारे दादाजी बहुत बीमार हैं। उन्हें डॉक्टर के पास ले जा रहा हूँ, ताकि वे जल्दी ठीक हो जाएँ।''

तामस का पुत्र अपने दादा के साथ जाने की हठ करने लगा। माता-पिता के समझाने पर भी वह नहीं माना। पड़ोसियों को पता चलने के डर से तामस अपने पुत्र को गाड़ी में बैठाकर ले गया।

घने जंगल में पहुँचकर तामस ने बैलगाड़ी रोक दी और फावड़ा, कुदाली, बेलचा लेकर पेड़ों के पीछे चला गया। जब तामस बहुत देर तक नहीं लौटा तो उसका पुत्र बैलगाड़ी से उतरकर उसी ओर चला गया। तब तक तामस ने गड्ढा खोद लिया था और फावड़े से मिट्टी बाहर निकाल रहा था। पुत्र के पूछने पर तामस बोला, "बेटा, तुम्हारे बाबा बहुत बीमार हैं, यह गड्ढा मैंने उनके लिए खोदा है, ताकि वे इसमें आराम से सोते रहें और उन्हें कोई कष्ट न हो।"

तामस की बात सुनकर उसका पुत्र दूसरा गड्ढा खोदने लगा और बोला, "बापू, तुम भी एक दिन बूढ़े होकर मेरे ऊपर बोझ बन जाओगे, तब मैं भी तुमको इस गड्ढे में लाकर डाल दूँगा। तुम्हें बैलगाड़ी में बैठकर मेरे गड्ढा खोदने का इंतजार नहीं करना पड़ेगा।"

पुत्र की बातें सुनकर तामस की आँखें खुल गईं। तामस ने अपने बूढ़े पिता को घर लाकर अच्छे-से-अच्छा इलाज कराया। तब से तामस अपने पिता की दिन-रात सेवा करने लगा।

पुत्र की बातों ने अपने पिता को सही रास्ता दिखा दिया। यदि हम दूसरों से अच्छा व्यवहार चाहते हैं तो हमें भी दूसरों के साथ अच्छा व्यवहार करना चाहिए।

सोने का हंस

गाँव के छोटे से मंदिर में एक पुजारी रहता था। वह पुजारी बहुत ही दयालु और नेक इनसान था। यदि कोई गरीब व्यक्ति मंदिर में आ जाता तो वह उसे मंदिर का चढ़ावा भी दान कर देता था। गरीबों के पूजा-पाठ और श्राद्धकर्म वह मुफ्त में ही कर देता था। पुजारी के मन में जरा भी लालच नहीं था। इसलिए पूरा गाँव पुजारी का आदर-सत्कार करता था।

पुजारी के परिवार में उसकी पत्नी और दो बच्चे भी थे। मंदिर में इतना चढ़ावा आ जाता था कि पुजारी के परिवार का खर्च आराम से चल जाता था। पुजारी का परिवार बहुत खुश रहता था। परिवार के सभी सदस्य एक-दूसरे का दुःख-सुख बाँटने के लिए तैयार रहते थे।

एक दिन दुर्भाग्य से दिल का दौरा पड़ने के कारण पुजारी की मृत्यु हो गई। पुजारी के परिवार पर मुसीबतों का पहाड़ टूट पड़ा। पुजारी की पत्नी विधवा और बच्चे अनाथ हो गए। पुजारी ने भविष्य के लिए कुछ भी धन बचाकर नहीं रखा था।

पुजारी की मृत्यु के बाद मंदिर का चढ़ावा भी आना बंद हो गया। घर की आर्थिक स्थिति खराब होती चली गई। कुछ दिन तो गाँववालों ने रोटी-कपड़ा देकर उनकी मदद कर दी, लेकिन बाद में उन्होंने भी हाथ खींच लिया।

पुजारी की पत्नी और बच्चे अब बहुत गरीबी में दिन काट रहे थे।

मानसरोवर झील में सुनहरे हंस रहते थे, मरने के बाद पुजारी ने उन हंसों में जन्म लिया। वे सभी हंस सरोवर में तैरते, कमल के फूलों का रसपान करते और मोती चुन-चुनकर खाते थे। हंस का जन्म लेने पर भी उस पुजारी को पिछले जन्म की सारी बातें याद थीं। उसे हमेशा पिछले जन्म की पत्नी और बच्चों की याद सताती रहती थी। वह हमेशा यही सोचता कि न जाने मेरी पत्नी और बच्चे किस हाल में होंगे। यही सोचकर वह हंस हमेशा उदास रहता था।

एक दिन हंसों के राजा ने उस हंस से कहा, ''देखो मित्र, इस संसार में कुछ विलक्षण प्राणी ही ऐसे होते हैं, जिन्हें पूर्वजन्म की बातें याद रहती हैं। यदि तुम्हें अपने परिवार की चिंता सता रही है तो तुम उन्हें देख आओ। अपने परिवार से मिलने की मैं तुम्हें पूरी आजादी देता हूँ।''

वह हंस कई घंटे तक लगातार उड़ता रहा, तब कहीं जाकर अपने गाँव पहुँचा। मंदिर के बराबर में उसका छोटा सा घर था, हंस उस घर की छत पर उतर गया। उसने देखा कि उसके बच्चे फटे-चीथड़े पहनकर भूख से बिलबिला रहे हैं और उसकी पत्नी ने फटी हुई साड़ी पहन रखी है। उसके बाल बिखरे हुए है। वह अपने बच्चों पर चिल्ला रही थी, ''अरे भुखमरो, भगवान् को भी तुम्हारे भाग्य पर दया नहीं आती। तुम्हारा बाप कोई खजाना छोड़कर नहीं गया। अब मैं तुम्हें खाना कहाँ से खिलाऊँ? किससे भीख माँगने जाऊँ?''

बच्चों को भूखा देखकर हंस को बहुत दुःख हुआ।

धीरे-धीरे हंस छत से उतरकर आँगन में आकर बोला, "चिंता मत करो, अब मैं आ गया हूँ। मैं पूर्व जन्म का जनार्दन पुजारी हूँ। मैं ही तुम्हारा पति और बच्चों का पिता हूँ। मैंने इस जन्म में स्वर्ण हंस का रूप लिया है। तुम्हारी दुर्दशा देखकर मेरे हृदय के टुकड़े-टुकड़े हो गए हैं। मैं हर तीन दिन में यहाँ आऊँगा और तुम्हें अपना एक सोने का पंख दूँगा। उस सोने के पंख को बेचकर तुम अपनी गरीबी दूर करो।"

हंस जब पत्नी और बच्चों से विदा लेकर गया तो अपना एक सोने का पंख गिरा गया। उस सोने के पंख से पुजारी के परिवार के अच्छे दिन लौट आए।

सबसे पहले उस पंख को बेचकर खाने-पीने का सामान और सबके लिए नए कपड़े खरीदे गए। जिसका उधार देना था, वह भी चुका दिया।

हंस जब भी घर आता, हर बार सोने का पंख दे जाता था। कुछ ही दिनों में पुजारी की पत्नी ने आलीशान मकान बनवाया और रेशमी वस्त्र, गहने सबकुछ ठाट बना लिया।

अब उसके घर में नौकर-चाकर काम करते थे। वह ठाठ से रहने लगी और घर का कोई काम नहीं करती थी।

धीरे-धीरे हंसों के राजा ने उस हंस को एक महीने में एक बार घर आने की आज्ञा दी। हंस अपनी पत्नी से बोला, "अब मैं जल्दी-जल्दी

नहीं आ सकता। कुछ दिन बाद मेरा यहाँ आना बंद हो जाएगा। इसलिए तुम सोच-समझकर पैसे खर्च करो, वरना तुम्हें बाद में पछताना पड़ेगा।''

अब पुजारी की पत्नी सोचने लगी कि यदि हंस यहाँ नहीं आएगा तो मुझे सोने के पंख भी नहीं मिलेंगे। फिर हम यह ऐशो-आराम की जिंदगी कैसे गुजारेंगे?

यही नौकरानी भी सोच रही थी, उसने कहा, ''मालकिन, हंस के यहाँ न आने से आप तो फिर से गरीब हो जाएँगी। जब अगली बार हंस आपसे मिलने आए तो आप उसके सारे पंख उखाड़ लेना। फिर आपको सारी जिंदगी पैसों के लिए चिंता करने की जरूरत नहीं रहेगी। अभी आपकी उम्र ही क्या है? यदि आप चाहें तो दूसरा विवाह भी कर सकती हैं। भले ही पूर्व जन्म में वे आपके पति रहे होंगे, लेकिन इस जन्म में तो वह हंस ही हैं।''

इस प्रकार नौकरानी ने पुजारी की पत्नी को भ्रमित करके उसकी बुद्धि पर परदा डाल दिया। जब हंस आखिरी बार मिलने आया तो पुजारी की पत्नी बोली, ''स्वामी, मैं अच्छी तरह से जानती हूँ कि आप मुझे कभी नहीं मिलेंगे। मेरे पास आओ, मैं तुम्हारे गले से लगना चाहती हूँ।''

जैसे ही हंस पास आया तो वह दुष्ट औरत उसके पंख उखाड़ने लगी। पंखों के उखड़ने से हंस को बहुत कष्ट हो रहा था। वह बार-बार चिल्ला रहा था, ''मुझे छोड़ दे, अरी दुष्टा, मैंने तेरा क्या बिगाड़ा है? मुझे कष्ट पहुँचाकर तुझे क्या मिलेगा?''

वह औरत लालच में इतनी अंधी हो गई थी कि उसे हंस पर जरा भी दया नहीं आई। हंस दर्द से छटपटाता रहा, लेकिन उसने हंस के सारे पंख उखाड़ लिये।

पंखों के उखड़ने के बाद हंस की साँस उखड़ने लगी। हंस बोला, "अरी दुष्ट, लालची औरत! तूने मुझे मारकर अपना भी नुकसान किया है। जब मैं अपने पंख अपनी इच्छा से दान करता हूँ, तभी वे सोने के रहते हैं, वरना वे साधारण पंख ही होते हैं। अब तू अपनी करनी का फल भोग।" इतना कहकर हंस मर गया।

अब वे पंख सोने के पंख नहीं थे बल्कि सफेद पंखों में बदल चुके थे। इसलिए मनुष्य को लालच नहीं करना चाहिए। लालच का फल हमेशा बुरा ही होता है।

भोला ऊँट

जंगल में एक सीधा-सादा ऊँट रहता था। वह जंगल में घास खाकर अपना पेट भर लिया करता था। स्वभाव से दुष्ट और चालाक एक सियार भी उसी जंगल में रहता था। दूसरों के काम बिगाड़ना और उन्हें मुसीबत में फँसाना सियार की आदत बन चुकी थी। एक दिन सियार ऊँट से बोला, ''ऊँट चाचा, तुम कितने कमजोर हो रहे हो। रोज तुम घास खाकर ही अपना पेट भरते हो। रोज-रोज इस सूखी घास को खाकर तुम्हारा मन ऊब जाता होगा।''

ऊँट बोला, ''भतीजे, भगवान् ने जब मेरी किस्मत में घास खाना लिखा है तो इसमें मैं क्या कर सकता हूँ? कँटीली झाड़ियाँ मेरे मुँह में चुभ जाती हैं और खुंभियाँ इस जंगल में नहीं उगतीं। इसलिए पेट भरने के लिए घास तो खानी ही पड़ेगी।''

सियार बोला, ''यदि कोशिश करो तो सबकुछ मिल जाता है। देखो, मैं मांस भी खाता हूँ और जब मन करता है तो पास के खेतों में जाकर मूली, गाजर, टमाटर भी खा लेता हूँ। हरी सब्जियाँ खाकर मेरे गाल भी लाल हो गए हैं। तुम मेरे साथ चलो, आज मैं तुम्हें दावत खिलाता हूँ। उस खेत में ऊँटों के खाने योग्य रसदार खीरे, ककड़ियाँ, लौकी आदि लगी हुई हैं। हम दोनों वहाँ चलकर मजे से खाएँगे।''

चालाक सियार ऊँट को फुसलाकर खेत में ले गया। सियार ने जल्दी-जल्दी गाजर, टमाटर खाए और खेत से बाहर आ गया। अभी ऊँट खीरे खा ही रहा था कि सियार ने जोर-जोर से हू-हू की आवाज निकालनी शुरू कर दी।

सियार तो भाग गया, लेकिन हू-हू की आवाज सुनकर किसान वहाँ आ गया और उसने ऊँट को देख लिया। फिर ऊँट की डंडे से बहुत पिटाई की। ऊँट की पिटाई होते देखकर सियार को बड़ा ही आनंद आ रहा था।

दूसरे दिन सियार ऊँट से बोला, ''चाचा, कल जो तुम्हारी पिटाई हुई, उसका मुझे बहुत दुःख है। सच तो यह है कि मुझे याद ही नहीं रहा कि तुम भी मेरे साथ हो, हू-हू करना तो मेरा स्वभाव है। अब ऐसी गलती दोबारा नहीं करूँगा। इस बार मुझे माफ कर दो।''

ऊँट ने सियार की बातों पर विश्वास कर लिया। सियार ऊँट को फिर अपने साथ खेत में लेकर चला गया। सियार ने जल्दी-जल्दी हरी सब्जियाँ खाकर अपना पेट भर लिया और हू-हू करने लगा। किसान फिर डंडे लेकर आए और ऊँट की पिटाई कर दी। ऊँट को पिटता हुआ देखकर सियार खुश हो रहा था।

अगले दिन ऊँट को देखते ही सियार ने फिर नाटक करना शुरू कर दिया। सियार के पंजे में काँटा चुभने का निशान था। उसी निशान को दिखाते हुए सियार बोला, ''चाचा, कल खेत में मुझे साँप ने काट लिया

था। इसलिए मेरे मुख से हू–हू की आवाज निकल गई। कल तुम जब डंडे से पिट रहे थे तो मुझे बहुत दुःख हो रहा था। मुझे सारी रात नींद नहीं आई। रोते–रोते मेरी आँखें भी लाल हो गई।'' सियार की लाल आँखों को देखकर ऊँट उसकी बातों में आ गया और उसके ऊपर विश्वास कर लिया।

सियार ऊँट से क्षमा माँगते हुए बोला, ''चाचा, मैं अपने किए पर बहुत शर्मिंदा हूँ। तुम्हें मेरे साथ खेत में जाकर खीरे खाने ही पड़ेंगे। यदि तुम मेरे साथ खेत पर नहीं गए तो मैं समझूँगा कि तुमने मुझे माफ नहीं किया।''

भोला-भाला ऊँट सियार के साथ खेत पर चल दिया। सियार ने इस बार भी अपना पेट भरकर हू-हू की आवाज निकाली और किसान ने ऊँट की इतनी पिटाई कि उसके अस्थिर-पंजर ही ढीले हो गए। सियार ऊँट की पिटाई देखकर जोर-जोर से हँस रहा था।

अधिक पिटाई के कारण ऊँट को बहुत तकलीफ हो रही थी। दो दिन तक ऊँट जंगल में घास चरने भी नहीं गया। तीसरे दिन ऊँट घिसटते हुए जंगल में गया तो वहाँ उसने सियार को देख लिया। ऊँट ने कहा, ''सियार, तुमने मेरे साथ अच्छा नहीं किया। तुमने मुझे धोखे से पिटवाया है।''

सियार बोला, ''चाचा, मैंने तुम्हें धोखा नहीं दिया। तुम्हारी बुद्धि ने तुम्हें धोखा दे दिया। क्या तुम्हें मालूम नहीं है कि खाने के बाद हमें हू-हू करने की आदत होती है। यह आदत जन्मजात है। आप ही निकलने लगती है। यह हमारी आदत कैसे छूट सकती है।''

ऊँट ने निश्चय कर लिया था कि वह सियार से बदला लेकर ही रहेगा।

कुछ दिन बाद उस इलाके में बहुत तेज वर्षा हुई। कई दिन तक पानी बरसता रहा। नदी-नालों में बाढ़ आने के कारण सभी जगह पानी भर गया।

जंगली जानवरों के लिए उस जगह को छोड़ना जरूरी हो गया। चारों ओर पानी भरा होने के कारण सियार को अपनी मौत दिखाई दे रही

थी। सियार ऊँट से बोला, "चाचा, मेरा जीवन अब आपके हाथ में है। यहाँ रहकर तो मैं जिंदा नहीं रह सकता। किसी सुरक्षित स्थान पर जाने में मेरी सहायता करो।"

ऊँट ने कहा, "भतीजे, मुसीबत में एक-दूसरे की सहायता करनी चाहिए। तुम मेरी पीठ पर बैठ जाओ। मैं तुम्हें दूसरे जंगल में छोड़ दूँगा। वहाँ पर बाढ़ नहीं है।"

ऊँट सियार को अपनी पीठ पर बैठाकर गहरे पानी में घुस गया और धीरे-धीरे टेढ़ा होने लगा। सियार चिल्लाने लगा, "चाचा, सीधे चलो, मैं पानी में गिर जाऊँगा। मुझे बचा लो।"

भोला-भाला ऊँट हँसकर बोला, "भतीजे, तुझे यह मालूम नहीं है कि पानी में जाने पर ऊँटों को लेटने की जन्मजात आदत होती है। वह आदत कैसे छूट सकती है। पानी में हमारा शरीर अपने आप लोटने लगता है।"

इतना कहकर ऊँट ने पानी में गोता लगाकर सियार को अपनी पीठ से नीचे गिरा दिया। सियार पानी में डूबकर मर गया। सियार को मरा हुआ देखकर ऊँट हँसने लगा।

हमें किसी के साथ भी दुष्टता का व्यवहार नहीं करना चाहिए।

चमत्कारी कुरसी

गाँव से कुछ ही दूर जंगल के बाहर एक लोहार रहता था। घर के पास में उसने भट्ठी लगा रखी थी। जहाँ वह काम करता था।

एक दिन कोई यशस्वी महात्मा भ्रमण करते हुए उधर ही आ निकले। रात होने वाली थी। उन्हें थोड़ी दूर पर एक गाँव दिखाई दिया। गाँव का रास्ता जंगल से होकर गुजरता था। जंगल में हिंसक जीव-जंतुओं की भरमार थी। जंगल में जान का खतरा भी था।

महात्माजी ने अपने चेले के साथ लोहार के घर में शरण ली। लोहार ने महात्माजी का यथोचित आदर-सत्कार किया और प्रेम से भरपेट खाना खिलाकर सोने का प्रबंध कर दिया। लोहार के आतिथ्य सत्कार से प्रसन्न होकर महात्माजी ने तीन वरदान माँगने को कहा। लोहार हाथ जोड़कर बोला, "भगवन्, ऐसा वर दीजिए कि मुझे कभी किसी चीज की कमी न रहे।"

महात्माजी ने तुरंत 'तथास्तु' कह दिया।

लोहार ने दूसरा वरदान माँगा, "मेरी आयु सौ वर्ष की हो जाए।"

महात्माजी ने 'तथास्तु' कह दिया।

अब लोहार सोचने लगा कि वह तीसरे वर में महात्माजी से क्या माँगे! जल्दी-जल्दी में लोहार बोला, "भगवन्, मेरी भट्ठी में जो लोहे की

कुरसी रखी हुई है, उस पर जो भी एक बार बैठ जाए, तो वह मेरी इच्छा के बिना न उठ सके।''

महात्माजी ने 'तथास्तु' कहकर तीसरा वरदान भी दे दिया।

महात्माजी तो वरदान देकर चले गए, परंतु लोहार को लोहे के काम में इतनी तरक्की हो गई कि उसे किसी भी चीज की कमी न रही। अब लोहार के पास आलीशान बँगला, गाड़ी, गहने, रुपया-पैसा सबकुछ था। लोहार ने अपने जीवन के सौ वर्ष बड़े ही मजे से गुजारे।

सौ वर्ष गुजारने के बाद लोहार की मृत्यु का समय आ गया। जब यमराज लोहार को लेने आए तो वह घबराकर यमराज से बोला, ''महाराज, आप थोड़ी देर के लिए उस लोहे की कुरसी पर बैठ जाइए। तब तक मैं अपने जीवन के अंतिम कार्य निबटा लूँ।''

लोहार की बात मानकर यमराज लोहे की कुरसी पर बैठे और उसी कुरसी में कैद होकर रह गए।

यह देखकर लोहार बहुत खुश हुआ, क्योंकि उसकी इच्छा के बिना यमराज कुरसी से नहीं उठ सकते थे। यमराज के बिना लोहार मर नहीं सकता था।

अब लोहार के बिना कोई भी मर नहीं सकता था। लोहार ने जैसे ही मुरगी की गरदन काटी तो वह गरदन फिर से जुड़ गई। मुरगी जिंदा होकर भाग गई। पृथ्वी पर कोई भी जानवर नहीं मरा तो जीवों की संख्या निरंतर बढ़ने लगी। वायु में कीट-पतंगे, मक्खी-मच्छरों की संख्या इतनी

बढ़ गई कि प्राणियों का साँस लेना भी मुश्किल हो गया।

सारा आकाश चील-कौवों, गिद्धों और टिड्डियों से ढकने लगा। सड़कों पर इतने मेढक हो गए कि इनसानों का रास्तों पर चलना कठिन हो गया। चूहे सारा अनाज और पक्षी सारे फल खा जाते थे। पानी में मछलियों की संख्या इतनी बढ़ गई कि पीने के लिए एक गिलास पानी भी नहीं मिलता था। चारों ओर गंध-ही-गंध फैल गई।

मृत्यु न होने के कारण पृथ्वी पर जन-जीवन अस्त-व्यस्त हो गया। तब लोहार को अपनी गलती का अहसास हुआ। लोहार ने कुरसी के पास जाकर यमराज को आजाद कर दिया। लोहार ने यमराज से अपनी गलती के लिए क्षमा माँगी।

हमें प्रकृति के नियमों का सम्मान करना चाहिए। मृत्यु एक आवश्यकता है, यदि पृथ्वी पर किसी की भी मृत्यु न होगी तो हमारा जीवन नरक बन जाएगा।

सोने के पत्ते

किसी गाँव में एक विधवा स्त्री रहती थी। उसका नारायण नाम का एक पुत्र था। उसके घर के पास में ही एक पेड़ था। नारायण उस पेड़ को नियम से पानी देता था। एक दिन नारायण बीमार पड़ गया, लेकिन उसने पेड़ को पानी देना बंद नहीं किया। नारायण पहले पेड़ को पानी देता और बाद में काम पर जाता था। नारायण की सेवा से खुश होकर एक दिन पेड़ ने उसे कोई वरदान माँगने के लिए कहा।

नारायण बोला, ''हे वृक्षदेवता, मैंने तो केवल अपना कर्तव्य निभाया है। हमारे ऊपर तो आपके अनेक उपकार हैं।''

वृक्षदेव ने बार-बार नारायण से वर माँगने का आग्रह किया, तब नारायण ने कहा, ''यदि आप मुझे वर देना ही चाहते हैं तो नीचे गिरे हुए अपने पत्ते ले जाने की आज्ञा दे दीजिए। इससे आपके आस-पास की सफाई भी हो जाएगी।''

पेड़ से आज्ञा लेकर नारायण ने सारे पत्तों को उठाकर घर के एक कोने में ढेर लगा दिया। नारायण उन पत्तों से अपनी माँ के लिए बिछौना बनाना चाहता था; किंतु सुबह तक वे पत्ते सोने के बन गए। यह देखकर नारायण और उसकी माँ को बहुत आश्चर्य हुआ।

नारायण की माँ एक सीधी-सादी औरत थी, उसके मन में

छल-कपट नहीं था। वह उन पत्तों को लेकर बनिए के पास चली गई। बनिए ने उन पत्तों को अच्छी तरह से देखा तो पत्ते सोने के थे।

बनिए के मन में लालच आ गया, वह बोला, "नारायण की माँ, ये पत्ते तो पीतल के हैं, यदि तुम चाहो तो इनके बदले राशन ले जाओ।"

नारायण की माँ के मन में छल-कपट नहीं था, वह सोने के पत्तों के बदले थोड़ा सा राशन ले आई।

अब तो नारायण रोज पत्ते इकट्ठे करता और जब वे सोने के बन जाते तो उनके बदले नारायण की माँ राशन ले आती थी।

एक दिन बनिए ने सोचा कि इस बुढ़िया के पास सोने के पत्ते कहाँ से आते हैं। उसने नारायण का पीछा किया तो देखा-घर के पास वाले पेड़ से नारायण पत्ते उठा रहा था। अब बनिया सब समझ गया।

दूसरे दिन जब नारायण और उसकी माँ काम पर चले गए तो बनिया पेड़ पर चढ़ गया। उसने पेड़ के बहुत सारे पत्ते और टहनियाँ तोड़ लीं। बनिया पत्ते और टहनियों को बोरी में भरकर लाया और कमरे में ढेर लगा दिया। बनिया उन पत्तों को सोने में बदलने की प्रतीक्षा कर रहा था।

पेड़ के पत्ते सोने में तो नहीं बदले। जब बनिए ने पत्तों को बिच्छू और टहनियों को काले साँपों में बदलते हुए देखा तो उसे बहुत आश्चर्य हुआ। बनिया बिच्छू और साँपों को देखकर घर से बाहर भागने लगा, तो उसके पीछे-पीछे बिच्छू और साँप भी दौड़ने लगे।

बनिया भागता हुआ पेड़ के पास गया और माँफी माँगने लगा।

वृक्ष देवता ने कहा, "अरे दुष्ट-पापी! नारायण की माँ से तूने जितने भी सोने के पत्ते लिये हैं, उनकी कीमत जब तक तू नहीं चुकाएगा, तब तक ये साँप और बिच्छू तेरा पीछा नहीं छोड़ेंगे।"

वृक्षदेवता की आज्ञा मानकर बनिए ने सोने के पत्ते बेचकर जितनी भी रकम कमाई थी, वह सब नारायण की माँ को वापस कर दी और वृक्षदेवता से अपनी गलती के लिए क्षमा माँगी।

नारायण ने उन पैसों से जमीन खरीदकर वहाँ पर बहुत सारे पेड़ लगवा दिए और वहीं पर रहने लगा।

कुछ दिन बाद एक सुंदर कन्या से नारायण का विवाह हो गया।

कुछ समय बाद पड़ोसी राज्य में पानी न बरसने से सूखा पड़ गया। नारायण सब से यही कहता था कि अगर पेड़ नहीं लगाओगे तो सूखा जरूर पड़ेगा। पड़ोसी राजा ने नारायण को अपने पास बुलाकर सलाह माँगी।

नारायण ने पड़ोसी राजा को समझाया, "राजन्, आपने पेड़ों को काटकर वनों का सफाया कर दिया है, इसलिए आपके राज्य में सूखा पड़ा है। पेड़ बादलों से वर्षा कराते हैं। यदि आप चाहते हैं कि आपके राज्य में फिर से सूखा न पड़े, तो आपको बहुत से वृक्ष लगाने होंगे। पेड़ मनुष्य के सच्चे मित्र होते हैं। वे जन्म से लेकर मृत्यु तक लकड़ी बनकर हमारी रक्षा करते हैं। कभी लकड़ी का पालना बनकर हमें सुलाते हैं तो कभी हमें गिल्ली-डंडा बनकर खिलाते हैं। हम लकड़ी की तख्ती पर

लिखना सीखते हैं तो कभी अग्नि को साक्षी मानकर गृहस्थ जीवन की शुरुआत करते हैं। लकड़ी के चकला-बेलन से हम रोटियाँ बनाते हैं, तो बीमार होने पर लकड़ी की चारपाई पर आराम करते हैं, बुढ़ापे में लकड़ी की लाठी का सहारा लेते हैं तो मरने पर मनुष्य को दो डंडों के ऊपर लादकर श्मशान ले जाते हैं। लकड़ी की चिता बनाकर हमारा अंतिम संस्कार किया जाता है।''

नारायण की बातों ने पड़ोसी राजा की आँखें खोल दीं। पड़ोसी राजा ने पेड़ों की कटाई पर प्रतिबंध लगा दिया और अपने राज्य में अनेक पेड़ लगवा दिए। इससे पड़ोसी राज्य में फिर कभी सूखा नहीं पड़ा।

पेड़ हमारे जीवन का आधार होने के साथ-साथ हमारे सच्चे मित्र भी हैं। इसलिए पेड़ों की रक्षा करना हमारा कर्तव्य है।

धोबी और गधा

एक धोबी के पास एक गधा था। एक बार धोबी अपनी ससुराल से आ रहा था, आगे-आगे धोबी और पीछे गधा चल रहा था। रास्ते में दो ठग जा रहे थे। उन्होंने धोबी को जाते देखा तो उससे गधा ठगने का निश्चय कर लिया।

दोनों ठग धोबी के पास आए और चुपके से गधे के गले से रस्सी खोली। धोबी अपनी ही धुन में चला जा रहा था। उसे कुछ भी पता नहीं चला। एक ठग जल्दी से गधे को लेकर झाड़ियों में जाकर छिप गया—दूसरा ठग जल्दी से रस्सी का सिरा अपने गले में बाँधकर धोबी के पीछे-पीछे चलने लगा।

धोबी लगातार चलता ही जा रहा था, इसलिए ठग के गले में पड़ी रस्सी तन गई। धोबी ने पीछे मुड़कर नहीं देखा और जोर-जोर से रस्सी खींचने लगा। धोबी बड़बड़ाता हुआ बोला, "अबे, चल क्यों नहीं रहा?" अब रस्सी खिंचने से ठग का गला दबने लगा! इसलिए उसने रस्सी को अपने हाथों से पकड़ लिया। ताकि उसका गला दबने से बच जाए। धोबी के खींचने के बाद भी रस्सी ढीली नहीं हुई तो धोबी पीछे मुड़कर देखने लगा कि गधा क्यों नहीं चल रहा। धोबी ने जब देखा कि गधे के स्थान पर एक आदमी बँधा हुआ है तो उसे बहुत आश्चर्य हुआ। धोबी हकलाते हुए बोला, "...म मेरा गधा कहाँ है? भाई, तुम कौन हो?'

ठग बोला, "मालिक, मैं तो आपका गधा ही हूँ। मैंने मनुष्य के रूप में जन्म लिया था, चंचल स्वभाव का होने के कारण बचपन में मैंने बहुत

शैतानियाँ की थीं। मेरी माँ मेरी शैतानियों से तंग आ चुकी थी। एक दिन मेरी माँ ने मुझे शाप दिया कि मैं सात वर्ष के लिए गधा बनकर प्रायश्चित्त करूँ। तब से लेकर आज तक मैं गधा बनकर आपकी सेवा कर रहा हूँ।"

धोबी बोला, "परंतु तुम्हें तो मैंने तीन साल पहले एक मेले में से खरीदा था।"

ठग बहुत ही चालाक था। उसने तुरंत उत्तर दिया, "हाँ, पहले मैं दूसरे धोबी के घर काम करता था।"

धोबी बेचारा सीधा-सादा आदमी था। उसने ठग की बात पर विश्वास कर लिया। धोबी की जेब में जितने भी पैसे थे, सब उसने ठग को दे दिए और कहा, "ये पैसे रख लो। जल्दी से अपनी माँ के पास लौट जाओ। अब कभी शैतानी मत करना।"

कुछ दिन बाद गाँव में पशु-मेला लगा। वह गधा भी बिकने के लिए गाँव में लाया गया। धोबी भी नया गधा खरीदने की इच्छा से मेले में आया। सभी गधों को देखता हुआ धोबी अपने वाले गधे के पास पहुँच गया। धोबी ने गधे की पीठ पर अपना लगाया हुआ निशान देखकर तुरंत पहचान लिया। गधे ने भी अपने मालिक धोबी को पहचान लिया और खुशी से अपने कान फड़फड़ाने लगा।

धोबी गधे से बोला, "तेरी माँ ने तुझे फिर गधा बना दिया। तूने जरूर कोई शैतानी की होगी। शैतान कहीं का! अब मैं तुझे कभी नहीं खरीदूँगा।"

किसी अनजान की बातों पर यों ही विश्वास नहीं कर लेना चाहिए।

निर्दयी सास

एक सास बहुत ही दुष्ट स्वभाव की थी। संयोग से जब उसने अपने पुत्र का विवाह किया तो बहू बहुत ही नेक और सुशील स्वभाव की मिल गई। सास ने तो बहू का जीना ही मुश्किल कर दिया। दुष्ट सास बहू को एक मिनट भी आराम नहीं करने देती थी और सुबह से रात तक काम कराती थी। बहू के हर काम में दोष निकालना और ताने कसना सास की आदत बन चुकी थी। बहू हमेशा यही सोचती कि पिछले जन्म में मैंने अवश्य ही पाप किए होंगे, जो मुझे ऐसी निर्दयी सास मिली है।

एक दिन बहू ने चूल्हे-चौके का काम समाप्त किया ही था कि सास बोली, "अरी कामचोर! मैं मंदिर जा रही हूँ। मेरे घर लौटने से पहले खाना तैयार कर लेना। खाना हिसाब से ही बनाना। तेरे बाप ने सामान नहीं भेजा है। खाना फालतू नहीं बनना चाहिए।"

सास के जाने के बाद बहू जल्दी-जल्दी खाना बनाने में लग गई। बहू को डर इस बात का था कि यदि सास को खाना तैयार नहीं मिला तो वह उसे गालियाँ देगी और उसके मायके वालों की सात पीढ़ियों को कोस डालेगी।

बहू खाना बनाकर उठी ही थी कि एक साधु दरवाजे पर आकर खाना माँगने लगा। बहू ने सोचा कि आज मैं भूखी रह जाऊँगी और अपने

हिस्से का खाना साधु को दे दूँगी तो मेरी सास मुझे नहीं डाँटेगी। दरवाजे से अगर साधु भूखा लौट जाए तो पाप लगता है। यह सोचकर बहू ने साधु को आसन पर बैठाकर अपने हिस्से का खाना परोस दिया।

सास ने घर लौटकर साधु को खाना खाते हुए देखा तो उसे बहुत गुस्सा आया। वह क्रोध से आग-बबूला होकर बोली, ''मेरे पीछे तू भूखों को खाना खिलाकर घर का अनाज बिगाड़ रही है। हमारे घर में हराम की कमाई नहीं है, अब तुझे भूखे पेट ही रहना पड़ेगा। अन्न का एक दाना भी तुझे खाने के लिए नहीं मिलेगा।''

सास को क्रोधित देखकर बहू बोली, ''माँजी, ऐसा मत कहो। मैंने साधु महाराज को तो अपने हिस्से का खाना दिया है। मुझे स्वयं भूखे रहना मंजूर है।''

सास के अपशब्द सुनकर साधु खाना छोड़कर चलता बना। सास ने भी बहू को घर से निकाल दिया। बहू ने हाथ जोड़कर सास से प्रार्थना की कि वह उसे घर से न निकाले। लेकिन बहू को रोते हुए देखकर भी दुष्ट सास का दिल नहीं पसीजा।

दरवाजा पीट-पीटकर बहू थक गई, लेकिन सास ने दरवाजा नहीं खोला। बहू रोती हुई रास्ते पर चल पड़ी। उसे समझ नहीं आ रहा था कि अब कहाँ जाए और क्या करे?

बहू का मायका भी दूर था। वहाँ पहुँचने में कई दिन लगते थे। तभी बहुत तेज बारिश शुरू हो गई और बहू वर्षा से बचने के लिए एक पेड़

की कोटर में छिपकर बैठ गई।

वहाँ बहू ने देखा कि उस पेड़ पर दो राक्षसियाँ आ गईं। एक राक्षसी बोली, ''अरे! यहाँ तो बहुत वर्षा हो रही है। हमें यहाँ जुकाम हो जाएगा। हमें स्वर्णद्वीप चले जाना चाहिए। वहाँ हमेशा धूप खिली होती है।'' उन्होंने एक जादुई मंत्र पढ़ा और वह पेड़ हवा में उड़ने लगा।

जब बहू ने देखा कि पेड़ हवा में उड़ रहा है तो वह घबरा गई। जैसे ही बहू की नजर उन राक्षसियों पर पड़ी तो वह भय से थर-थर काँपने लगी। वह पेड़ की कोटर में दुबककर चुपचाप बैठी रही। थोड़ी ही देर में राक्षसियाँ पेड़ को लेकर स्वर्णद्वीप में पहुँच गईं।

राक्षसियाँ पेड़ को स्वर्णद्वीप में छोड़कर स्वयं सैर करने के लिए निकल गईं। सारा स्वर्णद्वीप सुनहरी जगमगाहट से चमक रहा था। बहू कोटर से बाहर निकलकर आई तो देखा कि सारा रेत सोने का था। बहू ने साड़ी के पल्लू में बहुत सारा रेत भर लिया और फिर पेड़ के कोटर में छिपकर बैठ गई। जब राक्षसियाँ सैर करके लौटीं तो पेड़ को उड़ाकर वहीं पर ले आईं।

राक्षसियाँ थोड़ी देर में वहाँ से चली गईं। बहू धीरे से कोटर में से बाहर निकली और धीरे-धीरे अपने घर की ओर चल दी। बहू को यकीन था कि लालच के कारण सास उसे घर में रख लेगी। बहू ने घर जाकर सास को सारी कहानी बताई और अपने पल्लू से निकालकर सोने का सारा रेत सास को दे दिया।

सास अपनी आदत से मजबूर थी। इतना सारा सोने का रेत देखकर भी बहू से बोली, ''तू सचमुच ही कामचोर है, बोझा उठाने में तो तेरी नानी मर जाती है। जब तुझे मौका मिला ही था तो ढेर सारा सोने का रेत क्यों नहीं लाई? एक बार में ही हमारी गरीबी दूर हो जाती, तुझे तो जरा भी अक्ल नहीं है।''

इतना कहकर सास ने तीन-चार बोरियाँ उठा लीं और बहू से बोली, ''जल्दी बता, वह वृक्ष कहाँ पर है। मैं तुझे दिखाऊँगी कि सोना कैसे लाते हैं!''

बहू सास को उस पेड़ के पास ले गई। सास बोरियाँ लेकर पेड़ की कोटर में छिपकर बैठ गई।

थोड़ी देर में वही दो राक्षसियाँ आईं। एक राक्षसी बोली, ''मेरा मन आज मछली खाने को कर रहा है। मछलीद्वीप पर चलकर खूब सारी मछलियाँ खाएँगी।''

इतना कहकर राक्षसी ने मंत्र पढ़ा और पेड़ हवा में उड़ता हुआ मछलीद्वीप में पहुँच गया। राक्षसियाँ मछली खाने के लिए द्वीप के दूसरे किनारे पर चली गईं। उनके जाने के बाद सास कोटर से बाहर निकलकर आ गई। जैसे ही उसका पैर मछलियों पर पड़ा, तो वह धड़ाम से गिर पड़ी और उसे बहुत चोट लगी। मछलियों की बदबू से सास का सिर चकराने लगा। वह जल्दी से पेड़ की कोटर में जाकर बैठ गई और सोचने लगी कि सोना पाने के चक्कर में मेरी कितनी दुर्गति हो गई है। उसने मन में

निश्चय कर लिया कि वह राक्षसियों को जरूर डाँटेगी।

जब राक्षसियाँ मछलियाँ खाकर पेड़ पर आईं तो सास बोली, "निकम्मी राक्षसियो, तुम मुझे यहाँ क्यों लेकर आई हो? जल्दी से मुझे स्वर्णद्वीप लेकर चलो। मुझे वहाँ से बहुत सारा सोना लाना है।"

सास की कटु बातें सुनकर राक्षसियाँ आग-बबूला होकर बोलीं, "अरी दुष्टा! तूने हमारे पेड़ की धोखे से सवारी की है और हमें ही उलटा-सीधा कह रही है। तुझे हम सबक सिखाकर ही रहेंगी।"

इतना कहकर राक्षसियाँ पेड़ को लेकर अग्निद्वीप की ओर उड़ने लगीं। वहाँ पर आग-ही-आग थी। राक्षसियों ने पेड़ को ऊपर-नीचे, इधर-उधर घुमाया, ताकि सास आग में जलकर मर जाए। कुछ ही देर में वह निर्दयी सास कोटर से नीचे गिर गई और आग की लपटों में जलकर मर गई। सास को जलता हुआ देखकर राक्षसियाँ बहुत प्रसन्न हुईं।

दुष्ट व्यक्ति को अपनी दुष्टता का दंड अवश्य मिलता है।

ढोंगी सियार

बहुत पहले की बात है। किसी जंगल में एक आलसी सियार रहता था। वह अपना पेट भरने के लिए चूहे और खरगोश का शिकार भी करना नहीं चाहता था। वह सोचता था कि यदि बैठे-बैठे ही शिकार खुद चलकर उसके पास आ जाए तो आनंद-ही-आनंद है। इसलिए सियार परिश्रम के स्थान पर दिमाग का प्रयोग करता था। वह ऐसी योजना बनाता रहता था कि बिना हाथ-पैर हिलाए ही भोजन मिलता रहे।

एक दिन वह सियार झाड़ी में छिपकर बैठ गया। उसने देखा कि झाड़ी के बाहर चूहों का झुंड उछल-कूद कर रहा है। उनमें एक मोटा-ताजा चूहा भी था, जिसे सब चूहे सरदार कहकर पुकार रहे थे और उसकी आज्ञा का पालन भी कर रहे थे। चूहों को देखकर सियार के मुँह में पानी आ गया। सियार ने चूहों का पीछा करके यह देख लिया कि उनका बिल कहाँ है। जब चूहे अपने बिल में घुस गए तो सियार वापस लौट आया।

सियार ने चूहों को खाने के लिए एक योजना बनाई।

अगले दिन सुबह-सुबह सियार आँखे बंद कर सूर्य की ओर मुँह करके एक टाँग पर खड़ा हो गया। जब चूहे अपने बिल से बाहर निकले तो सियार को इस मुद्रा में खड़े देखकर हैरान रह गए। एक चूहे ने पूछा,

''मामा सियार, तुम इस प्रकार एक टाँग पर क्यों खड़े हो? इसका क्या कारण है?

सियार ने कहा, ''अरे मूर्ख! धरती पर अधिक बोझ न पड़े, इसलिए मैं एक टाँग पर खड़ा हूँ।'' यदि मैं धरती पर चारों टाँगें रखकर खड़ा हो गया तो धरती मेरा बोझ सँभाल नहीं पाएगी और डोलने लगेगी। धरती डोलने के साथ ही तुम सब मारे जाओगे। तुम्हारे कल्याण के लिए ही मैं एक टाँग पर खड़ा हूँ।

सियार की बातें सुनकर सभी चूहे हैरान होकर आपस में खुसर-पुसर करने लगे।

चूहों के सरदार के पूछने पर सियार बोला, ''मैंने एक टाँग पर खड़े होकर हिमालय पर्वत पर जाकर सैकड़ों वर्षों तक तपस्या की थी। मेरी तपस्या जब समाप्त हुई तो देवताओं ने खुश होकर मेरे ऊपर फूलों की वर्षा की थी। तब भगवान् ने मुझे बताया था कि तप के प्रभाव से मेरा भार बहुत बढ़ गया है। यदि मैं चारों पैर धरती पर रख दूँगा तो धरती नीचे गिरती हुई ब्रह्मांड को फोड़कर दूसरी ओर चली जाएगी। मेरी कृपा से ही यह धरती टिकी हुई है। मैं किसी भी जीव को कष्ट देना नहीं चाहता, इसलिए एक पैर पर खड़ा हूँ।''

सियार को तपस्वी समझकर सारे चूहे हाथ जोड़कर खड़े हो गए। एक चूहे ने कहा, ''मामा, तुम सूरज की ओर मुँह करके क्यों खड़े हो?''

सियार ने उत्तर दिया, ''मैं सूर्य की पूजा कर रहा हूँ।''

दूसरा चूहा बोला, "मामा, तुमने अपना मुँह क्यों खोल रखा है?"

सियार ने उत्तर दिया, "मैंने अपना मुँह हवा खाने के लिए खोल रखा है। मैं खाना नहीं खाता, केवल हवा खाकर ही जीवित हूँ। मेरे तप के प्रभाव से हवा पेट में जाते ही तरह-तरह के पकवानों में बदल जाती है।"

सियार की बातों का चूहों पर बहुत गहरा प्रभाव पड़ा। अब चूहों को सियार से कोई भय नहीं था। सारे चूहे सियार के पास आकर बैठ गए। दुष्ट सियार मन-ही-मन खुश हो रहा था। दिन भर सियार एक टाँग पर खड़ा रहता और चूहे चिमटे, ढोलक, मंजीरे बजाकर भजन गाते रहते थे।

जब सारे चूहे भजन-कीर्तन समाप्त करके अपने बिलों में जाते तो दुष्ट सियार पीछे से तीन-चार चूहों को पकड़कर खा जाता था। इसके बाद डकार मारकर आराम से सो जाता था। अब तो सियार दिन-प्रतिदिन चूहों के बिल के पास एक टाँग पर खड़ा होने लगा, ताकि शाम को चूहों को खा सके।

एक दिन चूहों के सरदार ने देखा कि चूहों की संख्या कम होने लगी है और सियार मोटा-ताजा होता जा रहा है। अब चूहों के सरदार को सियार पर संदेह होने लगा। वह सियार की हरकतों पर नज़र रखने लगा।

एक दिन चूहों के सरदार ने सियार से कहा, "हे तपस्वी सियार! क्या आप जानते हैं कि मेरे झुंड के चूहे प्रतिदिन कम क्यों होते जा रहे हैं?"

सियार ने अपना एक पंजा उठाकर कहा, "चतुर मूषक, यह तो होकर ही रहेगा। जो कोई भी सच्चे मन से मेरी भक्ति करेगा, वह शरीर

सहित स्वर्गलोक को चला जाएगा। बहुत से चूहों को मेरी भक्ति का फल मिल चुका है।''

चूहों के सरदार ने सियार के मोटे पेट को देखकर सोचा कि कहीं सियार का पेट ही तो स्वर्गलोक नहीं है, जहाँ वे चूहे जा चुके हैं।

सरदार ने निश्चय कर लिया कि वह शाम को सबसे बाद में बिल में जाएगा, ताकि सियार की असलियत का पता चल सके।

दूसरे दिन सारे चूहे अपने बिल में घुस गए, केवल सरदार ही बिल से बाहर था। सियार ने जैसे ही सरदार को दबोचने की कोशिश की, तो वह पहले से ही सावधान था। इसलिए सियार के पंजे से अपने को बचा लिया। सरदार ने कूदकर सियार की गरदन में अपने दाँत गड़ा दिए। सारे चूहों ने मिलकर एक साथ सियार पर हमला बोल दिया और देखते-ही-देखते महात्मा सियार को कंकाल में बदल दिया। सब चूहों ने मिलकर सियार का मांस बड़े मजे से खाया।

ढोंगी सियार की सच्चाई एक न एक दिन सबके सामने आ ही गई और फिर ढोंगी को अपनी करनी का फल भुगतना ही पड़ा है।

मूर्ख पंडित

एक गाँव में एक पंडित रहता था, जो अक्ल से कुछ मोटा था। उसे रटे-रटाए मंत्रों के अतिरिक्त कुछ भी नहीं आता था। एक दिन पंडित किसान के पिता का श्राद्ध कराने उसके घर पहुँचा। किसान ने पंडित को नमस्कार करके हाल-चाल पूछते हुए कहा, ''पंडितजी, क्या बात है? तुम बहुत कमजोर होते जा रहे हो?''

पंडित ने लंबी साँस लेकर कहा, ''यजमान, क्या बताऊँ, मुझे आजकल पेट की बीमारी लग गई है। वैद्यजी से दवाई भी लाया था। वैद्यजी ने दवाई के साथ-साथ बकरी का दूध पीने के लिए कहा था। अब बकरी का दूध तो मिलता नहीं, फिर दवाई क्या असर करेगी। बस मैं इसलिए प्रतिदिन कमजोर होता जा रहा हूँ।''

किसान ने कहा, ''पंडितजी, मैं आपको श्राद्ध-कर्म में गाय देना चाहता था। लेकिन आपको बकरी की जरूरत है, तो मैं आपको दूध देने वाली बकरी दे दूँगा। बकरी का मेमना तो मर चुका है, किंतु बकरी के दूध अभी तक आता है।''

किसान बहुत चालाक था। वह हमेशा अपने फायदे की बात ही सोचता था। किसान ने सोचा कि पंडित को बीस रुपए की बकरी देने से मेरी सौ रुपए की गाय तो बच जाएगी। पंडित भी मूर्ख था। वह सोच रहा

था कि मुफ्त में बकरी भी मिलेगी और गाय की देखभाल भी नहीं करनी पड़ेगी।

किसान के पिता का श्राद्ध कराने के बाद पंडित बकरी को लेकर अपने घर चल दिया। जब बकरी चलती थी तो उसके थनों से दूध टपकने लगता था। इसलिए पंडित ने बकरी को उठाकर अपने कंधे पर रख लिया।

तीन ठग उधर से गुजर रहे थे। जब उन्होंने देखा कि पंडित बकरी को कंधे पर बैठाकर ले जा रहा है तो वे समझ गए कि पंडित मोटी अक्ल का है। तीनों ठगों ने पंडित से बकरी ठगने की योजना बना ली। तीनों ठग सड़क पर थोड़ी-थोड़ी दूरी पर जाकर खड़े हो गए।

पहला ठग पंडित को नमस्कार करके बोला, "पंडितजी, छि-छि! यह क्या अनर्थ कर रहे हो। पंडित होते हुए भी तुमने सूअर के बच्चे को कंधे पर लाद रखा है।" पंडित क्रोध से बोला, "क्या बक रहे हो? क्या तुम्हें कम दिखाई देता है। मेरे कंधे पर सूअर का बच्चा नहीं, बकरी है।"

ठग ने फिर कहा, "घोर कलयुग आ गया है। इस पंडित को देखो, सूअर को बकरी बता रहा है।"

पंडित आगे चल दिया। थोड़ी दूर पर दूसरा ठग पंडित की प्रतीक्षा कर रहा था। ठग बोला, "राम, राम! कैसा जमाना आ गया है, पंडित होते हुए भी तुमने मरे हुए बछड़े को कंधे पर लाद रखा है। यह तो शूद्रों का काम है। लगता है, दुनिया से धर्म तो समाप्त ही हो गया है।"

ठग की बात सुनकर पंडित क्रोधित होकर बोला, "आज मालूम नहीं कैसा दिन है, पीछे एक अंधा बकरी को सूअर का बच्चा बता रहा था और यह बकरी को मरा हुआ बछड़ा बता रहा है।"

ठग ने कहा, "पंडित, मरे हुए बछड़े को बकरी कहकर किस-किस को बेवकूफ बनाओगे? तुम्हें नीच काम करते देखकर मुझे बहुत दुःख हुआ। इसलिए मैंने तुमको बता दिया। आगे तुम्हारी मरजी। जाओ, अपने मरे हुए बछड़े को लादकर ले जाओ।"

पंडित आगे चल दिया। अब पंडित का दिल बेचैन हो रहा था। आगे चलकर पंडित को तीसरा ठग मिल गया। तीसरे ठग ने कहा, "अरे पंडितजी, मैं तो आपकी बहुत इज्जत करता था। लेकिन तुमने तो अनर्थ ही कर डाला। तुम्हें गधे को कंधे पर लादना शोभा नहीं देता।"

पंडित ने क्रोध से चीखते हुए कहा, "तुम्हें दिखाई नहीं देता। यह गधा नहीं, बकरी है।"

ठग ने कहा, "पंडितजी, मुझे तो सबकुछ दिखाई दे रहा है। लेकिन तुम्हारी अक्ल और आँख दोनों पर ही परदा पड़ चुका है। तुम्हें गधा भी बकरी दिखाई दे रहा है। मेरे पास फालतू बातें करने का समय नहीं है।" इतना कहकर तीसरा ठग भी चला गया।

अब पंडित सोचने लगा कि तीन आदमी झूठ कैसे बोल सकते हैं। यह बकरी किसी को बछड़ा, किसी को गधा, किसी को सूअर का बच्चा दिखाई दे रही है। कहीं यह बकरी मायावी राक्षस तो नहीं है, जो अपनी

इच्छा से अनेक रूप बदल लेते हैं। अच्छा है कि मुझे इसकी सच्चाई का जल्दी ही पता चल गया। वरना यह अजगर का रूप धारण करके मुझे ही खा जाती।

यह सोचकर पंडित ने बकरी को सड़क पर छोड़ दिया और तेज गति से चलता हुआ अपने घर आ गया।

तीनों ठगों ने उस बकरी को उठा लिया और बहुत खुश हुए। उन्हें पंडित की मूर्खता पर बहुत हँसी आ रही थी।

सदैव अपनी बुद्धि पर ही विश्वास करना चाहिए। कभी भी दूसरों की बात पर आँख बंद करके विश्वास नहीं करना चाहिए।

भविष्यवाणी

बहुत समय पहले जगन्नाथ नाम का एक ज्योतिषी था। उसकी भविष्यवाणी सच्ची होती थी। एक बार वह अपना भाग्य आजमाने के लिए बनारस जाकर रहने लगा। उसने सेनापति के महल के पास में ही एक मकान किराए पर ले लिया और ज्योतिष विद्या का काम शुरू कर दिया।

थोड़े ही दिनों में जगन्नाथ की प्रसिद्धि बनारस तो क्या, आस-पास के इलाके में भी फैल गई। दूर-दूर से लोग अपना भविष्य जानने के लिए जगन्नाथ के पास आने लगे। जगन्नाथ की प्रशंसा सुनकर एक दिन सेनापति भी अपना भाग्य जानने के लिए उसके पास आया।

जगन्नाथ ने सेनापति का हाथ देखकर कहा, "सेनापति, आपकी आयु केवल एक सप्ताह ही शेष है।"

जगन्नाथ की भविष्यवाणी सुनकर सेनापति बहुत घबरा गया। वह राज-ज्योतिषी गजानन के पास गया और अपना हाथ दिखाया तथा जगन्नाथ की भविष्यवाणी के विषय में भी बता दिया।

गजानन को ज्योतिष विद्या का तनिक भी ज्ञान नहीं था। वह केवल ज्योतिषी होने का ढोंग करता था। गजानन ने कहा, "जगन्नाथ बिलकुल ठीक कह रहा है। तुम इस बात को किसी को भी मत बताना। मैं एक

विशेष हवन करके तुम्हारी मृत्यु को टाल सकता हूँ।''

गजानन बहुत चालाक था। वह सोच रहा था कि यदि सेनापति की मृत्यु हो गई तो जगन्नाथ की भविष्यवाणी का किसी को पता नहीं चलेगा, और यदि सेनापति बच गया तो सब उसकी जय-जयकार करेंगे कि गजानन ने सेनापति की मृत्यु टाल दी। इसके बाद जगन्नाथ को सेनापति द्वारा दंड दिया जाएगा।

सातवें दिन राजा सेनापति के साथ शिकार खेलने के लिए जंगल में गया। वहाँ बाघ ने सेनापति पर हमला करके उसे मार डाला। सेनापति बहादुर और योग्य पुरुष था। सेनापति की मृत्यु से पूरे राज्य में शोक छा गया।

गजानन ने सोचा कि जगन्नाथ की भविष्यवाणी सच साबित हुई है। उसकी प्रसिद्धि दिनोदिन बढ़ती ही जा रही है। यदि जगन्नाथ ने उसे राज-ज्योतिषी के पद से हटा दिया तो उसका क्या होगा? गजानन का माथा ठनका और वह जगन्नाथ को अपने रास्ते से हटाने के लिए राजा से बोला, ''महाराज, हमारे राज्य में जगन्नाथ नाम का एक दुष्ट व्यक्ति न जाने कहाँ से आकर रहने लगा है। वह अपने मुख से जो भी अशुभ बात बोल देता है, वह सच हो जाती है। सेनापति की मृत्यु भी जगन्नाथ के अशुभ बोलने के कारण ही हुई है। मुझे यह बात स्वयं सेनापति ने बताई थी।''

गजानन की बात सुनकर राजा को बहुत क्रोध आया। राजा ने

जगन्नाथ को बुलाकर कहा, "क्या सेनापति की मृत्यु की भविष्यवाणी तुमने की थी?"

"हाँ महाराज!" कहकर जगन्नाथ ने अपनी भविष्यवाणी की बात स्वीकार कर ली। राजा ने तुरंत म्यान से तलवार निकालकर कहा, "दुष्ट ज्योतिषी, अपना हाथ देखकर अब तू बता कि तेरी मृत्यु कब होगी?"

राजा का क्रोध देखकर जगन्नाथ घबरा गया। वह सोचने लगा कि राजा उसकी भविष्यवाणी गलत साबित करना चाहता है, यदि वह अपनी मृत्यु के भविष्य में बताएगा तो राजा उसे तुरंत मार देगा। जगन्नाथ अपनी बुद्धि-चातुर्य का सहारा लेकर राजा से बोला, "महाराज, आपकी मृत्यु से एक दिन पहले मेरी मृत्यु हो जाएगी।"

जगन्नाथ की बात सुनकर राजा भी डर गया और सोचने लगा कि यदि जगन्नाथ मर गया तो दूसरे दिन मैं भी मर जाऊँगा। जगन्नाथ की चतुराई देखकर गजानन राज-ज्योतिषी का पद छोड़कर वहाँ से चला गया। इसके बाद राजा ने जगन्नाथ को राज-ज्योतिष बना दिया।

विद्या के साथ-साथ बुद्धि का होना भी आवश्यक है। बुद्धि होने पर ही विद्या फलती है।

पहेलीबाज भिखारी

बहुत पहले की बात है कि एक दयालु, उदार और दानी राजा राज करता था। वह बुद्धिमान, विद्वान् और पंडितों का बहुत आदर करता था। उनके राज्य में एक बार बूढ़ा भिखारी आया और द्वारपाल से कहने लगा– "द्वारपाल, मुझे अंदर जाने दो। मैं राजा से सहायता माँगने के लिए आया हूँ।"

द्वारपाल ने चिल्लाकर कहा, "अरे भिखारी! साफ–साफ क्यों नहीं कहता कि तू भीख माँगने आया है। बात को घुमा–फिराकर क्यों कह रहा है?"

भिखारी बोला, "अरे द्वारपाल! बकवास मत कर। मेरे साथ जुबान सँभालकर बात कर, और राजा से कह दे कि तुम्हारा भाई मिलने आया है।"

भिखारी की बात सुनकर द्वारपाल सोच में पड़ गया। वह जानता था कि राजा का कोई भाई नहीं है। द्वारपाल ने सोचा कि शायद कोई दूर के रिश्ते का भाई होगा, इसलिए वह राजा को सूचना देने चला गया।

राजा सोचने लगा कि वह भिखारी जरूर कोई पहेली बुझा रहा है। राजा ने भिखारी को अपने पास बुलाकर कहा, "कहो भाई, क्या हाल है?"

भिखारी बोला, "भाई, हाल तो ठीक नहीं है। मैं बड़ी मुसीबत में हूँ। मैं जहाँ रहता हूँ, वह महल पुराना पड़ चुका है और कभी भी टूटकर गिर सकता है। एक समय मेरे पास बत्तीस नौकर थे। वे सब एक-एक करके मुझे छोड़ गए। पाँचों रानियाँ बूढ़ी हो चुकी हैं। वे मेरी कुछ भी मदद नहीं कर सकतीं। मुझे आपकी सहायता की आवश्यकता है।"

राजा ने भिखारी को ध्यान से देखकर खजांची को आदेश दिया कि वह भिखारी को सौ रुपए दे दे।

भिखारी ने कहा, "भाई, मैं आपके पास बड़ी उम्मीद लेकर आया हूँ, सौ रुपए तो बहुत कम हैं।"

राजा ने कहा, "भाई साहब, इस बार सूखा पड़ने के कारण लगान बहुत कम आया है। सौ रुपए से अधिक मैं नहीं दे सकता।"

भिखारी लंबी साँस लेकर बोला, "आप मेरे साथ सात समुद्र पार चलो। मैंने सुना है कि वहाँ पर सोने की बहुत सारी खान हैं। वहाँ से सोना लाकर आप अपना खजाना भर लेना।"

राजा बोला, "परंतु हम समुद्र कैसे पार करेंगे?"

भिखारी बोला, "आपने मेरे पैरों की शक्ति तो देख ही ली है। मेरे पैर पड़ने के साथ ही वह समुद्र भी सूख जाएगा।"

इसके बाद राजा ने खजांची को आदेश दिया कि भिखारी को एक हजार रुपए दे दिए जाएँ। खजांची ने भिखारी को एक हजार रुपए दे दिए।

जब भिखारी रुपए लेकर जाने लगा तो दरबारियों ने राजा से कहा, "महाराज, आपकी और उस भिखारी की बातें हमारी समझ से बाहर हैं। कृपया आप हमें ठीक से समझा दीजिए।"

राजा ने कहा, "वह भिखारी बहुत बुद्धिमान था। उसने मुझसे सारी बातें पहेलियों के माध्यम से कीं। मैं राजा हूँ और वह रंक है, ये दोनों भाग्य के सिक्के के दो पहलू हैं। इस रिश्ते से हम दोनों भाई हुए। जिस महल में वह रहता है, वह उसका शरीर है, जो अब पुराना हो चुका है।

अर्थात् कभी भी मृत्यु हो सकती है। उसने बत्तीस नौकर अपने दाँतों को कहा है। जो अब उसका साथ छोड़कर जा चुके हैं। पाँचों रानियाँ उसने अपनी इंद्रियों को कहा है, जो अब बहुत कमजोर हो चुकी हैं।''

एक मंत्री ने पूछा, ''महाराज, वह समुद्र की क्या बात कर रहा था?''

राजा बोला, ''वह भिखारी पहेली के द्वारा मुझे ताना दे रहा था कि उसके पैरों में सबकुछ सुखाने की शक्ति है। राजमहल में उसके पैर पड़ते ही मेरा खजाना भी सूख गया। इसलिए मैंने उसे सौ रुपए के बजाय एक हजार रुपए दिए।''

कभी-कभी साधारण दिखने वाले लोग भी बहुत बुद्धिमान होते हैं। किसी को भी छोटा समझकर उसका अपमान नहीं करना चाहिए। जिससे भी ज्ञान की बातें सीखने को मिलें, तुरंत सीख लेनी चाहिए।

सुक्खू और दुक्खू

किसी गाँव में एक जुलाहा रहता था। उसकी दो पत्नियाँ थीं। बड़ी पत्नी की बेटी का नाम सुक्खू और छोटी पत्नी की बेटी का नाम दुक्खू था। जुलाहे की बड़ी पत्नी बहुत ही चतुर थी। पूरे घर पर उसी का राज चलता था। वह और उसकी बेटी सुक्खू आराम की जिंदगी गुजार रही थीं। वे दोनों घर का कोई काम नहीं करती थीं और ठाठ से रहती थीं।

जुलाहे की छोटी पत्नी सीधी-सादी और विनम्र स्वभाव की थी। वह और उसकी बेटी घर का सारा काम करतीं, लेकिन फिर भी जुलाहा उन दोनों को प्यार नहीं करता और न ही उनका ध्यान रखता था।

एक दिन अचानक जुलाहे का स्वर्गवास हो गया। जुलाहे की बड़ी पत्नी ने चालाकी से सारी संपत्ति हड़प ली और अपनी बेटी सुक्खू के साथ आराम से रहने लगी। उस दुष्ट औरत ने दुक्खू और उसकी माँ को धक्के मारकर घर से निकाल दिया। जुलाहे की संपत्ति में से उन्हें एक फूटी कौड़ी भी नहीं मिली।

दुक्खू की माँ पर दुःखों का पहाड़ टूट पड़ा। वह सूत कातकर कपड़े बुनती और उससे जो आमदनी होती, उसी से अपना और अपनी बेटी का पेट भरती थी।

एक दिन दुक्खू की माँ धूप में रुई सुखाकर कुएँ से पानी भरने

चली गई और दुक्खू न रुई का ध्यान रखने के लिए कह गई। तभी अचानक वायु का तेज झोंका आया और सारी रुई उड़ाकर ले गया। दुक्खू रुई को पकड़ने के लिए इधर-उधर दौड़ने लगी, परंतु रुई को पकड़ न सकी। दुक्खू जोर-जोर से रोने लगी। उसे रोते देखकर पवनदेव बोले, "दुक्खू, यदि रुई लेनी है तो मेरे पीछे आ जाओ। मैं तुम्हारी रुई दिला दूँगा।" दुक्खू पवन के झोंके के पीछे-पीछे चल दी।

दुक्खू को रास्ते में एक गाय मिली। गाय ने कहा, "बेटी, मेरे चारों ओर जो गोबर पड़ा है, जरा उसे हटा दो।"

दूसरों की सेवा करना दुक्खू को अच्छा लगता था। वह मेहनती लड़की थी। दुक्खू ने गाय के चारों ओर से गोबर उठाकर सफाई कर दी और गाय के सामने घास डालकर पानी की बाल्टी रख दी।

आगे चलकर दुक्खू ने देखा कि केले के पेड़ के नीचे बहुत सारे पत्ते टूटकर गिर गए थे। दुक्खू ने सारे पत्ते हटाकर सफाई कर दी और आगे चलने लगी।

थोड़ी दूर जाने पर दुक्खू को देखकर एक घोड़ा बोला, "मैं कई दिन से भूखा हूँ। मुझे कुछ खाने के लिए दो।" पास में ही घास रखी थी। दुक्खू ने घास उठाकर घोड़े को खाने के लिए दी और आगे चल दी।

आगे चलकर दुक्खू ने देखा कि एक बुढ़िया सूत कात रही थी। उसके बाल चाँदी की तरह चमक रहे थे। वह चाँद की माँ थी। पवनदेव ने दुक्खू से कहा कि इनसे रुई माँग लो।

दुक्खू ने बुढ़िया के पैर छुए और रुई माँगने लगी।

बुढ़िया बोली, "पहले अंदर जाओ और बालों में तेल लगाकर ताल में स्नान कर लो। फिर तुम्हें रुई भी मिल जाएगी। हाँ, और एक नई साड़ी पहनकर भोजन भी कर लेना।"

बुढ़िया की बात मानकर दुक्खू अंदर चली गई और उसने बालों में तेल लगाकर ताल में डुबकी लगा ली। ताल में पहली डुबकी लगाने के साथ ही वह परी के समान सुंदर बन गई। दुक्खू ने जैसे ही दूसरी डुबकी लगाई तो उसके शरीर पर गहने लद गए। यह सब चमत्कार देखकर दुक्खू ने तीसरी डुबकी लगाने की हिम्मत नहीं की। उसने कमरे में आकर कीमती साड़ियों को तो हाथ भी नहीं लगाया, बल्कि एक सादा सी साड़ी पहन ली। इसके बाद भोजन-कक्ष के अंदर जाकर दुक्खू ने अच्छे पकवान को छोड़कर केवल सब्जी-रोटी खा ली। जब बुढ़िया के पास आई तो उसने उसे रुई वापस कर दी।

दुक्खू रुई लेकर वापस लौट रही थी कि उसे वही घोड़ा मिल गया। उस घोड़े ने दुक्खू को सोने की अशर्फियों से भरा हुआ घड़ा दिया। केले के पेड़ ने उसे केलों का एक गुच्छा दिया, जो कि सोने का था। गाय ने दुक्खू को हर समय दूध देने वाली एक बछिया दी।

थोड़ी ही देर में दुक्खू उन अमूल्य उपहारों को लेकर घर लौट आई। माँ भी उन उपहारों को देखकर बहुत प्रसन्न हुई। अब दुक्खू और उसकी माँ की गरीबी दूर हा गई। दुक्खू को उपहार में एक डिब्बा भी

मिला था। रात को जब उसने डिब्बा खोला तो उसमें से एक सुंदर राजकुमार निकला। राजकुमार ने दुक्खू से शादी कर ली। इसके बाद तीनों आराम से रहने लगे।

यह सबकुछ देखकर सुक्खू की माँ को ईर्ष्या होने लगी। वह दुक्खू और उसकी माँ को खुश नहीं देख सकती थी। जुलाहे की बड़ी पत्नी ने थोड़ी सी रुई धूप में सुखाने के लिए डाल दी। जैसे ही रुई उड़ने लगी तो उसने अपनी बेटी सुक्खू को रुई लाने के लिए भेज दिया।

रास्ते में सुक्खू को वही गाय, केले का पेड़ और घोड़ा मिला, उससे वही विनती करने लगे जो दुक्खू से की थी। सेवा करना तो दूर, सुक्खू मुँह बिचकाकर आगे बढ़ गई। सेवा करना सुक्खू को आता ही नहीं था।

आगे चलकर सुक्खू को वही बुढ़िया मिल गई। उसने बुढ़िया को रुई और डिब्बा देने के लिए आज्ञा दी। इसके बाद वह अंदर गई और बालों में तेल लगाने के बाद ताल में तीन-चार डुबकियाँ जल्दी-जल्दी लगा लीं। देखते-ही-देखते सुक्खू राक्षसी के समान बदसूरत बन गई।

दूसरे कमरे में जाकर उसने सबसे कीमती साड़ी भी पहनी और अच्छे-अच्छे स्वादिष्ट पकवान खाए। उसने सब्जी-रोटी की ओर तो आँख उठाकर भी नहीं देखा। बुढ़िया के कहने पर सुक्खू ने बड़ा डिब्बा उठा लिया।

इसके बाद जब सुक्खू घर लौट रही थी तो उसी घोड़े ने सुक्खू को

जोर से लात मारी। केले के पेड़ ने उसके ऊपर छिलकों की बरसात कर दी। गाय ने सुक्खू को अपने सींग पर उठाकर दूर फेंक दिया। इतना सबकुछ होने पर सुक्खू रोती हुई अपने घर को लौट आई।

सुक्खू की दुर्दशा देखकर उसकी माँ को बहुत दुःख हुआ। रात को सुक्खू ने डिब्बा खोलकर देखा तो उसमें एक बड़ा अजगर था। अजगर सुक्खू को खा गया और खिड़की के रास्ते से निकलकर बाहर चला गया। जब सुक्खू की माँ उसके कमरे में आई तो वहाँ पर केवल अजगर की केंचुली थी। ईर्ष्या के कारण सुक्खू की माँ का सबकुछ नष्ट हो गया।

किसी से भी ईर्ष्या नहीं करनी चाहिए। ईर्ष्या की आग में मनुष्य का सबकुछ जलकर भस्म हो जाता है।

चिंता का रोग

बहुत पहले की बात है, एक राजा के राज्य में अकाल पड़ गया। पूरे राज्य में त्राहि-त्राहि मचने लगी। अकाल के कारण लगान भी अधिक नहीं आया। अब तो राजा को चिंता सताने लगी कि खर्चों को किस प्रकार कम किया जाए, ताकि राज्य के कार्य सुचारू रूप से चलते रहें। राजा को इस बात का डर था कि यदि इस बार भी अकाल पड़ गया तो क्या होगा? आर्थिक स्थिति अच्छी न होने के कारण पड़ोसी राज्य आक्रमण भी कर सकते थे।

राजा को बहुत सी चिंताएँ सताने लगीं। उसने एक बार कुछ मंत्रियों को अपने विरुद्ध षड्यंत्र रचते हुए पकड़ लिया था। चारों ओर से चिंताओं से घिर जाने के कारण राजा को न तो भूख लगती थी और न ही रात को नींद आती थी। राजा के सामने शाही मेज पर अनेक पकवान परोसे जाते, किंतु राजा भूख न होने के कारण एक-दो कौर खाकर ही उठ जाता था।

ऐसा राजा के साथ पहली बार हुआ था। दस वर्ष पूर्व जब उसने गद्दी सँभाली थी, तब भी उसे कोई चिंता नहीं थी। एक साथ कई चिंताओं ने राजा को पहली बार घेरा था।

कभी-कभी चिंताओं को भूलकर राजा बाग में घूमने के लिए चला

जाता था। जब राजा बाग के माली को प्याज और चटनी के साथ मोटी-मोटी आठ-दस रोटियाँ खाते देखता तो उसे बहुत ईर्ष्या होती थी। रात को वह माली खर्राटे मारकर आराम से सोता और कई बार जगाने के बाद नींद से जागता था।

राजा की चिंताएँ कम होने का नाम ही नहीं ले रही थीं।

एक दिन कुलगुरु दरबार में आए तो राजा ने अपनी परेशानी उन्हें बता दी और उनसे समस्या का हल पूछने लगा।

कुलगुरु बोले, "वत्स, राज-पाट त्याग दो। राज-पाट ही तुम्हारी चिंताओं का मूल कारण है। यदि तुम अपने पुत्र को राजगद्दी दे दोगे तो तुम्हारी भूख और नींद सब वापस आ जाएँगी।"

राजा ने कहा, "गुरुदेव, मेरा पुत्र तो केवल पाँच वर्ष का है। वह राज-काज कैसे सँभालेगा?"

कुलगुरु ने कहा, "ठीक है, फिर राजगद्दी मुझे सौंपकर चिंताओं से मुक्त हो जाओ।"

राजा को कुलगुरु का यह सुझाव बहुत अच्छा लगा। राजा तुरंत राजपाट कुलगुरु को सौंपकर बंधन से मुक्त हो गया।

कुलगुरु ने राजा से पूछा, "राजन्, अब तुम क्या करोगे?"

राजा ने तुरंत कहा, "मैं तो व्यापार करूँगा।" हजार रुपए लाने के लिए राजा ने कोषाध्यक्ष को आज्ञा दी।

कुलगुरु राजा को समझाते हुए बोले, "राजन्, मैं तुम्हें कुछ नहीं दे

सकता। यह राज और राजकीय धन सबकुछ मेरा है, मेरी मरजी के बिना तुम कुछ भी नहीं ले जा सकते हो।''

कुलगुरु के समझाने पर राजा को अपनी गलती का अहसास हो गया।

राजा ने कहा, 'फिर मैं दूसरे राज्य में जाकर कोई नौकरी कर लूँगा।''

कुलगुरु बोले, ''नौकरी करने के लिए दूसरे राज्य में जाने की क्या जरूरत है? तुम मेरी ही नौकरी कर लो।''

राजा ने कुलगुरु की बात मान ली।

राजा ने पूछा, ''गुरुदेव, मुझे क्या काम करना है? आज्ञा दीजिए।''

गुरुदेव ने कहा, ''मैं तो एक साधु हूँ और मुझे तो आश्रम में ही रहना है। मुझे इस राजपाट को सँभालने के लिए एक नौकर की जरूरत है। तुम पहले की तरह ही महल में रहो। राजगद्दी पर बैठकर शासन करो। यही तुम्हारी नौकरी है।''

इतना कहकर गुरुदेव अपने आश्रम को चले गए। राजा पहले की तरह ही राजपाट करने लगा। राजा के कामों में कोई अंतर नहीं आया। अंतर केवल इतना ही था कि राजा पहले चिंता और जिम्मेदारी से घिरा रहता था, लेकिन अब नौकरी के लिए चिंतित था।

कुछ दिन बाद कुलगुरु फिर राजा से मिलने आए तो राजा सिंहासन छोड़कर नौकर की तरह खड़ा हो गया। उसने गुरुदेव को

सिंहासन पर बैठा दिया। यह देखकर गुरुदेव ने कहा, "वत्स, अब तुम्हारी नींद और भूख कैसी है?"

राजा ने कहा, "गुरुदेव, अब नींद भी अच्छी आती है और भूख भी खूब लगती है।"

गुरुदेव राजा को समझाते हुए बोले, "वत्स, सबकुछ पहले के समान ही है। पहले तुमने इसी काम को चिंता बनाकर अपने ऊपर लाद लिया था। अब इसी काम को अपना कर्तव्य समझकर खुशी-खुशी कर रहे हो। यह जीवन कर्तव्यों का पालन करने के लिए ही है। किसी वस्तु को अपनी जागीर समझकर अपने ऊपर बोझ मत लादो।"

हमें अपना कार्य कर्तव्य समझकर करना चाहिए। अपने कार्य को बोझ समझकर चिंता करना व्यर्थ है।

बुद्धि-परीक्षण

प्रकृति की गोद में एक आश्रम बना हुआ था। यह आश्रम नगर से बाहर था। आश्रम के चारों ओर अनेक छायादार तथा फल-फूलों से लदे हुए पेड़ थे। पेड़ों पर अनेक पक्षी अपना घोंसला बनाकर रहते थे। आश्रम के समीप ही एक स्वच्छ और ठंडे पानी की नदी बहती थी। उस आश्रम में पंडित सूर्यपति अपने शिष्यों को शिक्षा प्रदान करते थे। उनके आश्रम में दूर-दूर से अनेक शिष्य विद्याअध्ययन करने के लिए आते थे। कुछ शिष्य आश्रम में ही रहते थे।

पंडित सूर्यपति प्रकांड विद्वान् और ज्ञानी थे। राजा-महाराजा और अमीर लोगों के बच्चे भी वहाँ विद्या ग्रहण करने के लिए आते थे।

पंडित सूर्यपति की एक ही पुत्री थी, जिसे वे अपनी जान से भी अधिक प्यार करते थे। धीरे-धीरे उनकी पुत्री विवाह योग्य हुई तो पंडितजी को उसके विवाह की चिंता सताने लगी।

पंडितजी ने सोचा कि मुझे अपने शिष्यों की बुद्धि-परीक्षा करनी चाहिए। जो भी शिष्य सबसे बुद्धिमान होगा, उसी के साथ अपनी पुत्री का विवाह कर दूँगा। वैसे भी मेरे पास पुत्री के विवाह में देने के लिए कुछ भी नहीं है।

शिष्यों की बुद्धि-परीक्षा इस प्रकार की जाएगी कि पुत्री के लिए

दहेज भी इकट्ठा हो जाए और योग्य वर भी मिल जाए।

मन में निश्चय करके पंडित सूर्यपति ने अपने सभी शिष्यों को एक पेड़ के नीचे इकट्ठा करके कहा, "देखो शिष्यो, आप सब जानते हैं कि मेरे एक ही पुत्री है और उसके लिए मुझे एक बुद्धिमान और गुणवान वर की तलाश है। मेरी पुत्री के लिए तुम्हें दहेज की व्यवस्था करनी है। कपड़े, जेवर और घर का जरूरी सामान तुम्हें ही इकट्ठा करना है। चाहे तुम चोरी करके लाओ या किसी दूसरे तरीके से। तुम्हारी चोरी गुप्त तरीके से होनी चाहिए। यदि तुम्हारी चोरी का किसी को भी पता चला तो मैं तुम्हारा सामान स्वीकार नहीं करूँगा। जो सबसे अधिक और अच्छा सामान लाएगा, उसी के साथ अपनी पुत्री का विवाह कर दूँगा।" इतना कहकर पंडित सूर्यपति शांत हो गए।

गुरुदेव का आदेश मिलते ही सारे शिष्य चोरी करने में लग गए। शिष्य जो भी कुछ सामान चोरी करके लाते, उसे गुरु के चरणों में समर्पित कर देते। गुरुदेव प्रत्येक शिष्य की लाई गई वस्तुओं को अलग-अलग रख देते थे, ताकि शिष्यों की बुद्धि-परीक्षा हो सके। सभी शिष्यों की यही कोशिश थी कि वे अधिक-से-अधिक सामान चुराकर लाएँ।

रविवार के दिन एक पेड़ के नीचे चटाई बिछाकर गुरुदेव ने चोरी का सारा सामान रख दिया। जेवर, कपड़े और जरूरी सामान के साथ-साथ शिष्य श्रृंगार का सामान भी चुराकर लाए थे। गुरुदेव ने प्रत्येक

शिष्य का सामान अलग-अलग रख दिया था।

तभी गुरुदेव की नजर एक ऐसे शिष्य पर पड़ी, जो आश्रम के बाहर उदास बैठा था। गुरुदेव ने कहा, "वत्स, तुम चुपचाप क्यों बैठे हो? तुम्हारे दूसरे साथी तो रोज कुछ-न-कुछ चुराकर लाते हैं, लेकिन तुमने अभी तक कुछ भी सामान लाकर नहीं दिया। क्या तुम्हें मेरी पुत्री पसंद नहीं है? या तुम उससे विवाह करना नहीं चाहते? साफ-साफ बताओ क्या बात है?"

शिष्य बोला, "गुरुदेव! आपने ही कहा था कि इस चोरी का किसी को भी पता नहीं चलना चाहिए। लेकिन जब हम चोरी करेंगे तो उस चोरी का पता हमारी आत्मा को अवश्य लग जाएगा। अपनी आत्मा से छिपाकर मैं कोई काम नहीं कर सकता।"

अपने शिष्य का उत्तर सुनकर गुरुदेव बहुत प्रसन्न हुए और बोले, "वत्स, जो बात किसी की समझ में नहीं आई, उसे तुम समझ गए। मेरे विचार से तुम सबसे बुद्धिमान हो और मेरी पुत्री का पति बनने योग्य हो।"

इतना कहकर गुरुदेव ने सभी शिष्यों को अपने पास बुलाकर कहा, "शिष्यो, भीमसेन ही सबसे बुद्धिमान है। अपनी पुत्री के लिए भीमसेन से अधिक बुद्धिमान और गुणवान वर मुझे नहीं मिल सकता।"

एक शिष्य ने आश्चर्यचकित होकर कहा, "गुरुदेव, भीमसेन ने तो आपकी आज्ञा का पालन भी नहीं किया। यह आपके लिए कुछ भी

चुराकर नहीं लाया। फिर भी यह सबसे बुद्धिमान कैसे हो सकता है?''

गुरुदेव ने शिष्यों को समझाते हुए कहा, ''हमने यह भी कहा था कि चोरी का किसी को पता नहीं चलना चाहिए। तुम चोरी की बात अपनी आत्मा से छिपा नहीं सके। तुम्हारी चोरी का तुम्हारी आत्मा को पता था। इसलिए तुम शर्त हार गए। इस बात को केवल भीमसेन ने ही समझा। मेरे विचार से भीमसेन ही सबसे बुद्धिमान है और इसके साथ ही मैं अपनी पुत्री का विवाह निश्चित करता हूँ।''

गुरुदेव ने शिष्यों से कहा कि उन्होंने जहाँ से चोरी की उस सामान को वापस वहीं लौटा दें।

शुभ मुहूर्त देखकर पंडित सूर्यपति ने अपनी पुत्री का विवाह भीमसेन के साथ कर दिया। गुरुदेव के इस निर्णय को सभी शिष्यों ने सिर झुकाकर स्वीकार कर लिया।

नाम से क्या काम

प्राचीन काल में तक्षशिला नाम की एक अत्यंत सुंदर नगरी थी। वहाँ शांति नाम के एक आश्रम में गुरुदेव भद्र रहते थे। उनके आश्रम में सैकड़ों शिष्य विद्याध्ययन करने के लिए आते थे।

गुरुदेव के शिष्यों में एक 'पंखु' नाम का शिष्य भी था, जो पढ़ाई-लिखाई में बहुत होशियार था। दूसरे शिष्य पंखु से ईर्ष्या करते थे। इसका कारण यह था कि गुरुदेव पंखु को बहुत प्यार करते थे। पंखु के साथी हमेशा उसे यह कहकर चिढ़ाते थे, 'पंखु तेरे पंख कहाँ हैं? जरा हमें भी उड़कर दिखा।'

अपने साथियों द्वारा प्रतिदिन की छेड़छाड़ से पंखु तंग आ गया था। उसे अपने नाम से घृणा होने लगी थी।

एक दिन पंखु रोता हुआ गुरुदेव के पास जाकर बोला, "गुरुदेव, मेरी आपसे प्रार्थना है कि मेरा नाम बदल दीजिए। मुझे अपने नाम से घृणा हो गई।"

गुरुदेव ने कहा, "पुत्र, मेरी आज्ञा है कि तुम दूसरे देश की यात्रा पर निकल जाओ। जब तुम लौटकर आओगे तो मैं तुम्हारा नाम अवश्य ही बदल दूँगा।"

पंखु ने गुरुदेव के चरण छूकर आशीर्वाद लिया और यात्रा पर

निकल पड़ा। पंखु अपना नाम बदलना चाहता था, इसलिए उसे गुरुदेव की शर्त माननी पड़ी।

एक दिन पंखु ने देखा कि एक अरथी को चार आदमी अपने कंधों पर उठाकर ले जा रहे थे। अरथी के पीछे रिश्तेदार रोते हुए चल रहे थे। पंखु ने पूछा, ''भैया, कौन मर गया है, जो इतनी भीड़ जमा हो गई है?''

एक आदमी बोला, ''भैया, यह अमरसिंह का शव है।''

पंखु बोला, ''ऐसा कैसे हो सकता है? जो अमर है, वह कैसे मर सकता है। अमर कभी नहीं मरता, यही सच है।''

वह आदमी बोला, ''नाम तो केवल पहचान के लिए होता है। अमर नाम रख देने से आदमी कभी अमर नहीं हो जाता। नाम से व्यक्ति पर कोई प्रभाव नहीं पड़ता। यदि किसी का नाम मौत रख दिया जाए तो यह जरूरी नहीं कि वह मर जाए।'' उस आदमी की बात पर पंखु को विश्वास तो नहीं हुआ, लेकिन वह सोच में पड़ गया कि क्या वास्तव में नाम का मनुष्य पर कोई प्रभाव नहीं पड़ता।

आगे चलकर पंखु ने देखा कि एक औरत छोटी सी लड़की को बेरहमी से पीट रही थी। उस औरत से पंखु ने पूछा, ''माँजी, इस लड़की का क्या कसूर है, जो आप इसे डंडे से पीट रही हैं?''

वह औरत बोली, ''बेटा, यह मेरी दासी है, मैंने इसे पैसे कमाने के लिए भेजा था, लेकिन यह एक पैसा भी कमाकर नहीं लाई।''

पास में खड़ा एक आदमी बोला, ''बेटा, इस लड़की का नाम

धनवती है।''

लड़की का नाम धनवती सुनते ही पंखु आश्चर्य में पड़कर सोचने लगा—नाम धनवती, लेकिन पास में एक फूटी कौड़ी भी नहीं है। यह कैसे हो सकता है!

वह आदमी बोला, ''नाम से कुछ नहीं होता। दौलत नाम रखने से कोई अमीर नहीं बन सकता। नाम से मनुष्य की किस्मत नहीं बदल सकती। अंधे का नाम प्रकाश होने से उसे दिखाई नहीं दे सकता।'

पंखु को उस आदमी की बात समझ में आने लगी। उसे विश्वास हो गया कि नाम मनुष्य की पहचान के लिए होता है। जैसे मेरा नाम पंखु है, लेकिन मेरे पंख नहीं हैं। इन्हीं विचारों में उलझा हुआ पंखु तक्षशिला लौटने लगा।

पंखु जब तक्षशिला लौट रहा था, तो वह रास्ता भटक गया और एक पेड़ के नीचे बैठकर किसी मुसाफिर की प्रतीक्षा करने लगा, ताकि उससे सही रास्ता पूछ सके।

कुछ ही देर में एक मुसाफिर आया। पंखु ने उससे कहा, ''भैया, मुझे तक्षशिला जाने का मार्ग बता दीजिए।''

वह आदमी बोला, ''मेरे साथ चलो। मैं भी तक्षशिला जा रहा हूँ। मैं भी जंगल में रास्ता भटक गया हूँ। लेकिन अब मुझे किसी ने सही मार्ग बता दिया है।'' दोनों एक साथ चलने लगे।

पंखु ने कहा, ''भाई, तुम्हारा नाम क्या है?''

वह आदमी बोला, "मेरा नाम पथप्रदर्शक है।" पंखु बोला, "भैया, जब तुम्हारा नाम पथप्रदर्शक है तो तुम रास्ता कैसे भूल गए?"

वह आदमी पंखु को समझाने लगा, "पथप्रदर्शक नाम होने से सारे मार्गों का पता कैसे चल सकता है। डरपोक व्यक्ति का नाम बहादुर भी हो सकता है। यदि किसी का नाम सुखीराम हो तो यह जरूरी नहीं कि उसे कोई दुःख न हो।"

अब पंखु को अपनी गलती का अहसास हो गया था। उसने निश्चय कर लिया कि वह कभी भी अपना नाम नहीं बदलेगा। पंखु तक्षशिला पहुँचकर गुरु के चरणों में नतमस्तक होकर बोला, "गुरुदेव, मेरी समझ में आ गया है कि नाम रखने से कुछ नहीं होता। नाम से तो बस मनुष्य की पहचान होती है।"

पंखु के विचार सुनकर गुरुदेव बहुत खुश हुए। उन्होंने पंखु को सीने से लगा लिया। उस दिन के बाद पंखु ने कभी नाम बदलने की हठ नहीं की।

किसी के गुण-दोषों को उसके नाम के साथ जोड़कर नहीं देखना चाहिए।

जैसे को तैसा

बहुत पहले की बात है। बकरियों का एक परिवार हिमालय पर्वत की गुफा में रहता था। प्रकृति के शांत वातावरण में बकरियों का परिवार गुफा से प्रात: जंगल की ओर निकल जाता और शाम तक हरे-हरे पेड़ों के पत्तों और घास खाकर अपना पेट भरता था। अँधेरा होने से पहले सभी बकरियाँ अपनी गुफा में लौट आती थीं।

बकरियों का यह परिवार रानी बकरी की आज्ञा मानता था। उनका जीवन बड़ी शांति से गुजर रहा था। जंगली जानवरों का डर भी नहीं था। बकरियों का यह परिवार अपनी दुनिया में मस्त था।

एक दिन एक गीदड़ अपनी पत्नी के साथ उनके इलाके में घुस आया। इतनी सारी बकरियों को देखकर उनके मुँह में पानी आ गया। गीदड़ सोचने लगा कि बहुत दिन बाद बकरियों का ताजा मांस खाने को मिलेगा।

गीदड़ की पत्नी भी बकरियों को घूरने लगी और बोली, "स्वामी, जल्दबाजी करने की कोई आवश्यकता नहीं है। इतनी बकरियों से तो हमारा बहुत दिन का काम चल जाएगा। हमें पहले अपने रहने के लिए एक गुफा का प्रबंध करना होगा। फिर जो बकरी अपने काफिले से बिछुड़ जाएगी, उसे अपना भोजन बना लेंगे।"

अपनी पत्नी की बात सुनकर गीदड़ बहुत प्रसन्न हुआ। बकरियों

का मांस खाने की खुशी में दोनों बहुत देर तक हँसते रहे। गीदड़ ने बहुत जल्दी बकरियों की गुफा के सामने एक गुफा अपने लिए खोज ली और दोनों पति-पत्नी आराम से रहने लगे।

जब बकरियों का काफिला प्रातःकाल जंगल की ओर जाने लगा तो गीदड़ भी अपनी पत्नी के साथ उसके पीछे-पीछे चलने लगा। गीदड़ की नजर उस बकरी पर थी, जो अपने काफिले से बिछुड़कर अकेली रह जाए।

कुछ ही दूर पर हरा-भरा जंगल आ गया और बकरियाँ घास चरने लगीं। यह जंगल बहुत घना था। इसलिए दिन में भी यहाँ पर अंधकार रहता था। गीदड़ और गीदड़ी एक झाड़ी के पीछे छिपकर बैठ गए।

थोड़ी ही देर में एक बकरी अकेली घूमती हुई उधर आ गई। गीदड़ गीदड़ी से बोला, "लो प्यारी, आ गया हमारा शिकार।" इतना कहकर झपट्टा मारकर गीदड़ ने बकरी की गरदन दबोच ली। बेचारी बकरी मैं-मैं करती रह गई और उसके प्राण निकल गए। बकरी को अपनी गुफा में लाकर गीदड़ और गीदड़ी ने बड़े आनंद के साथ उसका मांस खाकर अपनी भूख मिटाई।

बचा हुआ मांस गीदड़ी ने अगले दिन के लिए रख लिया। गीदड़ और गीदड़ी को खुशी तो इस बात की थी कि उन्हें भोजन की तलाश में कई-कई महीने तक इधर-उधर नहीं भटकना पड़ेगा। अब तो गीदड़ की मौज-ही-मौज थी। जब भी उन्हें भूख लगती, एक बकरी पकड़कर लाते और कई दिन तक खाते।

इस प्रकार गीदड़ सारी बकरियाँ मारकर खा गया। केवल रानी बकरी ही बची थी। पूरा परिवार समाप्त होने के कारण रानी बकरी दुःखी और उदास रहने लगी। लेकिन रानी बकरी बहुत चालाक थी। उसने परिवार के मारे जाने के बाद गुफा से बाहर निकलना ही बंद कर दिया।

गीदड़–गीदड़ी की नजरें अब भी रानी बकरी को खोज रही थीं। उन्हें रानी बकरी को खाए बिना चैन नहीं था। अब गीदड़ सोचने लगा कि यदि रानी बकरी गुफा से बाहर नहीं निकली तो हम भूखों मर जाएँगे।

गीदड़ रानी बकरी को गुफा से बाहर निकालने के लिए कोई उपाय सोचने लगा।

गीदड़ ने गीदड़ी से कहा, "प्रिय, तुम तो यह जानती ही हो कि हमारी जाति चालाकी और हेरा–फेरी के लिए बदनाम है। हमें अब बुद्धिमानी से काम लेना होगा। तुम अपने प्रेम के जादू में उसे इस तरह फँसाओ कि वह गुफा से बाहर निकलने के लिए मजबूर हो जाए। फिर मैं उसे मार डालूँगा।"

गीदड़ की बात सुनकर गीदड़ी प्रेम से उसके गले लग गई और बोली, "यदि बकरी गुफा से बाहर आ भी गई तो वह तुम्हें देखकर भाग जाएगी, क्योंकि वह तुम्हें अपने परिवार का हत्यारा मानती है।"

गीदड़ बोला, "तुम चिंता मत करो, मैंने पहले ही सोच लिया है कि जब वह गुफा से बाहर आएगी तो मैं जमीन पर मुरदे की तरह लेट जाऊँगा।"

इस प्रकार दोनों ने रानी बकरी को गुफा से बाहर निकालने और मारने का उपाय सोच लिया। उधर रानी बकरी अपना परिवार समाप्त होने के कारण दुःखी और उदास होकर जमीन पर लेटी हुई थी। वह दुष्ट, पापी, धोखेबाज गीदड़ को कोस रही थी कि मैंने तेरा क्या बिगाड़ा था, जो तूने मेरे वंश को ही समाप्त कर डाला। अब बकरी के आँसू पोंछने वाला भी कोई नहीं था।

तभी गीदड़ी आ गई और बोली, "नमस्ते चाची, कैसी हो? मैं तुम्हें अपनी सहेली बनाने आई हूँ।"

बकरी बोली, "तुम तो मेरे शत्रु की पत्नी हो। यहाँ क्या करने आई हो? मेरे पूरे परिवार को खाकर भी तुम्हारा पेट नहीं भरा, जो यहाँ तक चली आई हो?"

गीदड़ी ने बकरी से सहानुभूति दिखाते हुए कहा, "हम दोनों का हृदय नारी जाति का है। मरदों का हृदय तो होता ही कठोर है। ये मरद तो औरतों को मारने के लिए ही जन्म लेते हैं। मेरे पति गीदड़ ने तो मुझ पर भी इतने अत्याचार किए हैं, फिर वह तुम्हें कैसे छोड़ता?" इतना कहकर गीदड़ी रोने लगी।

बकरी को अब भी गीदड़ी पर भरोसा नहीं था।

गीदड़ी साफ-साफ बोली, "देखो चाची, यदि तुम्हें मुझ पर भरोसा नहीं है तो मैं गुफा के बाहर से ही चली जाऊँगी और आत्महत्या कर लूँगी।"

गीदड़ी की बातें सुनकर रानी बकरी को उस पर दया आ गई। उसने गीदड़ी को सहेली बनाकर कहा, "अब हमें कोई भी अलग नहीं कर सकता।"

कुछ दिन तो गीदड़ी और बकरी दोनों मिलती रहीं। एक दिन गीदड़ी रोती हुई बकरी के पास आकर बोली, "चाची, मैं लुट गई, बरबाद हो गई। मेरा सुहाग उजड़ गया। अब मैं अकेली रहकर क्या

करूँगी। भगवान् इस संसार में किसी को अकेला न करे। मैं बहुत देर से गीदड़ की लाश के पास बैठी रो रही हूँ, लेकिन सब्र नहीं आता।''

गीदड़ी की बातें सुनकर बकरी को दया आ गई। वह गीदड़ी को समझाने लगी, ''हिम्मत रखो, बेटी! जीवन और मृत्यु का गहरा संबंध है।

जीवन में सुख-दु:ख तो आते ही रहते हैं।''

बकरी की बातों को सुनकर भी गीदड़ी ने रोना बंद नहीं किया। बकरी गीदड़ी के साथ धीरे-धीरे चलकर उस स्थान पर आ गई, जहाँ गीदड़ मरने का नाटक करके लेटा हुआ था।

गीदड़ ने गलती से आँखें खोल दीं। बस फिर क्या था, बकरी वहाँ से भाग खड़ी हुई। बकरी को भागते हुए देखकर गीदड़ी ने गीदड़ को डाँटते हुए कहा, ''तुम्हारी जरा सी लापरवाही के कारण शिकार हमारे हाथ से निकल गया। अब हमें भूखा ही रहना पड़ेगा। दोबारा ऐसी गलती नहीं होनी चाहिए। मैं एक बार फिर से कोशिश करती हूँ।''

इतना कहकर गीदड़ी बकरी के पीछे दौड़ने लगी और बोली, ''चाची, मुझ पर तुम्हारा बड़ा उपकार है। तुम सचमुच कोई जादूगरनी हो। तुम्हारे कदम पड़ते ही मेरे पति में जान आ गई। अब मैं सुहागिन बन गई हूँ। तुम्हारा यह उपकार मैं जीवन भर नहीं भूल सकती। मैं सुहागिन होने की खुशी में तुम्हें दावत पर बुलाने आई हूँ। अब तो मैं रोज तुम्हारी खूब सेवा करूँगी।''

बकरी गीदड़ी की मीठी-मीठी बातों में दोबारा आने वाली नहीं थी। बकरी ने मक्कार, धोखेबाज गीदड़ी को सबक सिखाने का मन-ही-मन निश्चय कर लिया। बकरी ने धैर्यपूर्वक कहा, ''ठीक है, यदि तुम मुझे दावत देना ही चाहती हो तो मैं अपने दो कुत्तों को लेकर तुम्हारे घर आऊँगी। तुम्हें अपनी सेवा करने को अवसर अवश्य दूँगी।'

इतना कहकर गीदड़ी अपने घर चली गई। दूसरे दिन जब बकरी दो कुत्तों के साथ गीदड़ी के घर जाने वाली थी तो गीदड़ी दूर से ही बोली, "चाची, मैं तुम्हारी दावत फिर किसी दिन करूँगी। मेरे पति की तबीयत बहुत खराब है। मैं सारी रात अपने पति की देखभाल करती रही। चाची, हम फिर मिलेंगे।"

गीदड़ी ने सोचा, "अगर यहाँ कुछ देर और रुकी तो दोनों कुत्ते मेरी बोटी-बोटी नोंचकर खा जाएँगे। इसलिए गीदड़ी ने वहाँ से भागने में ही अपनी भलाई समझी।

धूर्त से धूर्त भी एक दिन अपने किए का दंड पाता है।

बुद्धिमान बटेर

बहुत पहले की बात है। एक पीपल के पेड़ पर एक बटेर अपनी पत्नी के साथ रहता था। पास में ही एक नदी बहती थी। उस नदी पर हाथियों का झुंड प्रतिदिन पानी पीने के लिए आता था। हाथियों का राजा किसी भी जीव को सताना नहीं चाहता था।

कुछ दिन पहले ही एक मदमस्त हाथी झुंड में आकर रहने लगा। वह किसी की बात नहीं मानता था। वह बहुत ही दुष्ट और खूनी था। सभी हाथी उसे 'मस्त हाथी' कहकर पुकारते थे।

जैसे ही वर्षा ऋतु आरंभ हुई, तो बटेर के अंडों में से बच्चे निकल आए। अपनी संतान को देखकर बटेर और बटेरी बहुत खुश हुए। जब वे दोनों अपने बच्चों के लिए दाना-पानी का प्रबंध करने घोंसले से बाहर जाते तो उन्हें अपने बच्चों की चिंता सताती रहती थी कि कोई उनके बच्चों को मार न दे।

एक दिन हाथियों के झुंड को अपने पास देखकर बटेर-बटेरी भय से काँपने लगे। अपने बच्चों की हानि के भय से उनके दिल की धड़कनें तेज होने लगीं।

बटेर हिम्मत करके हाथियों के राजा से बोला, "हे गजराज! इस पेड़ पर हमारे दो बच्चे रहते हैं। आप अपने साथियों से कह दीजिए कि

हमारे बच्चों को कोई हानि न पहुँचाएँ।''

बटेर की बात सुनकर हाथियों का राजा बोला, ''देखो, प्रजा की रक्षा करना तो हमारा कर्तव्य है। मैं आज ही अपने साथियों से कहूँगा कि वे तुम्हारे बच्चों को हानि न पहुँचाएँ। किंतु मैं उस मस्त हाथी की जिम्मेदारी नहीं ले सकता, जो हमारे झुंड में नया-नया आया है। वह किसी की बात नहीं मानता और अपनी मरजी का मालिक है। उस दुष्ट हाथी से तुम बचकर रहना।''

मस्त हाथी का नाम सुनकर बटेर-बटेरी चिंतित हो गए। दोनों बच्चे ही उनके जीवन का आधार थे। उस दिन बच्चों की चिंता में वे घोंसले से बाहर भी नहीं गए।

दूसरे दिन बटेर ने देखा कि एक मस्त हाथी चिंघाड़ता हुआ उनकी ओर ही आ रहा है। हाथी को देखकर बटेर ने पेड़ से उतरकर मस्त हाथी से प्रार्थना की, ''हे गजराज! आप तो बड़े और शक्तिशाली हैं। कहीं भी शिकार कर सकते हैं। इस पेड़ पर हमारे दो बच्चे रहते हैं। मेरी आपसे प्रार्थना है कि आप हमारे बच्चों को कोई हानि न पहुँचाएँ, आपकी बड़ी कृपा होगी।'' इतना कहकर बटेर शांत हो गया।

मस्त हाथी बटेर के बच्चों की बात सुनकर बहुत खुश हुआ और बोला, ''बटेर तो हमारा प्रिय शिकार है। हमारे शिकार का प्रबंध तो हो चुका है। अब तुम हमारे रास्ते से हट जाओ। वरना तुम्हारे बच्चों के साथ तुम्हें भी मार डालेंगे।''

बटेरी ने भी दुष्ट हाथी के सामने हाथ जोड़कर बहुत प्रार्थना की, लेकिन उसके ऊपर कोई असर नहीं हुआ। मस्त हाथी ने अपनी सूँड़ ऊपर उठाकर बटेर के दोनों बच्चों को मार डाला।

अपने बच्चों की मृत्यु पर बटेर और बटेरी बहुत रोए। दोनों उस मस्त हाथी को कोसने लगे। उस जंगल में कोई उनके आँसू पोंछने वाला नहीं था। बटेर ने कहा, "अरे मतवाले हाथी! जिस तरह तूने हमारे बच्चों को मारा है, उसी तरह एक दिन तू भी तड़प-तड़पकर मर जाएगा। हमें छोटा समझकर तूने हमारे बच्चों की जान ली है, उसका दंड तुझे भुगतना ही पड़ेगा।"

मस्त हाथी बोला, "अरे पागल बटेर! तुझमें इतनी हिम्मत नहीं कि एक हाथी का सामना कर सके। तेरे जैसे हजारों प्राणियों को मैं मार चुका हूँ। यदि तूने अपना मुँह बंद नहीं किया तो तुझे भी मार डालूँगा।"

दुःखी होकर बटेर और बटेरी अपने मित्र कौवे के पास जाकर बोले, 'मित्र, सच्चा मित्र वही होता है जो मुसीबत में काम आए। हमें तुम्हारी सहायता की जरूरत है। घमंडी और दुष्ट हाथी ने हमारे दोनों बच्चों को मार डाला है। उस हाथी से अपने बच्चों की मौत का बदला लेने में हमारी मदद करो। हम चाहते हैं कि तुम अपनी चोंच से उसकी आँखें निकालकर उसे अंधा कर दो।"

बटेर की बात सुनकर कौवे को बहुत दुःख हुआ। कौवे ने ठंडी साँस लेते हुए कहा, "यह तो अनर्थ हो गया। तुम मुझे एक बार उस हाथी की

शक्ल दिखा दो। फिर मैं उसे ऐसी सजा दूँगा कि उसकी रूह काँपने लगेगी। मैं उस दुष्ट हाथी को दिखा दूँगा कि हम छोटे-छोटे जीव मिलकर क्या नहीं कर सकते। शायद उसे छोटे पक्षियों की शक्ति का अंदाजा नहीं है।''

इसके बाद कौआ बटेर के साथ हाथियों के झुंड के पास पहुँचा।

बटेरी अपनी सहेली चींटी के पास जाकर बोली, ''प्यारी सखी, निर्दयी हाथी ने मेरे बच्चों को मार डाला है। वह दुष्ट हाथी तो भगवान से भी नहीं डरता। हाथी को दंड देने के लिए कौआ भी हमारे साथ है। कौआ अपनी चोंच से हाथी की आँखें फोड़ेगा और तुम उसकी अंधी आँखों में अंडे दे देना। फिर अंडों में से बच्चे निकलकर हाथी को काटेंगे। जिस प्रकार हम अपने बच्चों की मृत्यु के दुःख में तड़प रहे हैं, उसी प्रकार हाथी भी अंधा होकर पानी की एक-एक बूँद के लिए तरसता रहे। तभी मेरे बदले की आग शांत होगी। मैं दुष्ट हाथी के गुनाहों की अधिक-से-अधिक सजा देना चाहती हूँ।'' इतना कहकर बटेरी रोने लगी।

इसके बाद बटेरी ने चींटी को अपनी पीठ पर बिठाया और हाथियों के झुंड के पास ले गई, जहाँ कौआ और बटेर पहले से ही बैठे थे।

बटेरी तालाब के किनारे आई और अपनी सखी मेढकी से गले मिलकर बोली, ''जिस हाथी ने मेरे बच्चों को मारा है, उसे सजा देने के लिए मुझे तुम्हारी मदद की जरूरत है। क्या तुम मेरी मदद करोगी?''

मेढकी बोली, ''बहन, जिस हाथी ने तुम्हारे बच्चों को मारा है, उसको सजा देने के लिए मैं अपनी जान की बाजी भी लगाने को तैयार हूँ।''

मेढकी का आश्वासन पाकर बटेरी ने उसे बताया कि जब चींटी के बच्चे हाथी को काटेंगे तो तुम टर्राना शुरू कर देना। हाथी पानी की तलाश में तुम्हारा पीछा करेगा। तब तुम उसे पहाड़ पर ले जाना। दुष्ट हाथी पहाड़ से गिरकर अपने आप मर जाएगा। इसके बाद बटेरी मेढकी को हाथियों के झुंड के पास ले गई।

दूसरे दिन जैसे ही कौए ने हाथी को देखा तो चोंच मारकर उसकी आँखें फोड़ दीं। हाथी दर्द से छटपटाता हुआ जमीन पर गिर पड़ा। उसी समय चींटी ने हाथी की आँख में घुसकर अंडे दे दिए।। हाथी को तड़पते हुए देखकर बटेर-बटेरी, कौआ, चींटी और मेढकी जोर-जोर से हँसने लगे। बटेर बोला, ''अरे दुष्ट हाथी! तुझे अपनी शक्ति पर बड़ा ही अभिमान था। छोटे पक्षियों के बच्चों को मारने में तुझे बड़ा मजा आता

था। अब तुझे पता चलेगा कि दुःख किसे कहते हैं। जिस प्रकार हम अपने बच्चों के लिए तड़प रहे हैं, उसी प्रकार तू भी तड़पता रह। जो पाप करता हैं उसे सजा मिलती है। कल देखना, हम तेरा क्या हाल करेंगे। अब तू छोटे पक्षियों को सताना भूल जाएगा।''

इतना कहकर बटेर और उसके साथी ठहाका मारकर हँसने लगे। दूसरे दिन अंडों से निकलकर चींटियों ने हाथी को काटना शुरू कर दिया। अब हाथी को एक तालाब की तलाश थी। वह सोच रहा था कि यदि तालाब में स्नान करेगा तो सारी चींटियाँ मर जाएँगी और उसकी पीड़ा कुछ कम हो जाएगी। लेकिन अंधे हाथी को तालाब पर कौन ले जाए।

उसी समय मेढकी ने टर्राना शुरू कर दिया। मेढकी की आवाज सुनकर हाथी समझ गया कि जहाँ मेढकी जाएगी, वहाँ पानी जरूर होगा। इसलिए हाथी मेढकी के पीछे-पीछे चलने लगा।

मेढकी टर्राती हुई हाथी को पहाड़ की चोटी पर ले गई। जहाँ से आगे सैकड़ों फीट गहरी खाइयाँ थीं। मेढकी टर्राती हुई पहाड़ की चोटी से नीचे उतरने लगी। तभी हाथी का संतुलन बिगड़ा और वह खाई में गिर गया। गिरते ही हाथी ने तड़प-तड़पकर दम तोड़ दिया।

छोटे जीवों को कभी भी कमजोर नहीं समझना चाहिए। छोटे पशु-पक्षी भी मिलकर शक्तिशाली शत्रु को मात दे सकते हैं।

प्रजापालक हाथी

बहुत पहले की बात है। एक जंगल में मानवों की एक छोटी सी, बस्ती थी, वहाँ कुछ लकड़हारे रहते थे। लकड़हारे सुबह से शाम तक लकड़ियाँ काटते और फिर उन्हें बाजार में बेच देते थे। उनसे जो भी पैसे मिलते, उसी से अपने परिवार का पालन-पोषण करते थे। पूरा दिन मेहनत करने के बाद भी उन्हें रूखा-सूखा खाकर ही अपना गुजारा करना पड़ता था।

एक दिन रामू लकड़हारा अपने दो भाइयों के साथ जंगल में लकड़ियाँ काट रहा था, उसने देखा कि एक हाथी उसी ओर चला आ रहा है। हाथी को देखकर रामू डर गया, कहीं हाथी उसकी हत्या न कर दे। तभी रामू ने देखा कि हाथी के पैर में काँटा चुभ गया है और वह लँगड़ाकर चल रहा है। रामू ने हाथी के पैर का काँटा निकालकर खून साफ कर दिया। काँटा निकलने के बाद हाथी को बहुत आराम मिला।

हाथी रामू से बोला, ''तुमने जो मेरी सहायता की है, उसे मैं कभी नहीं भूल सकता। तुमने बहुत उपकार किया है। आज से मैं तुम्हारे परिवार का सदस्य बन गया हूँ। मैं तुम्हारे लिए जंगल से लकड़ियाँ लाऊँगा और तुम उन्हें काटकर बाजार में बेच देना।''

तब से हाथी जंगल से लकड़ियाँ तोड़कर लाने लगा। रामू और

उसके भाई उन्हें काटकर बाजार में बेच देते। इस प्रकार कुछ ही दिनों में रामू के परिवार की आर्थिक स्थिति अच्छी हो गई। हाथी के कारण रामू पूरी बस्ती में अमीर बन चुका था।

एक दिन हाथी अपने साथ सफेद हाथी के बच्चे को लेकर आया। सफेद हाथी के बच्चे को देखकर रामू बहुत खुश हुआ। अब हाथी का बच्चा भी रामू के लिए जंगल से लकड़ियाँ लाने लगा। रामू के बच्चे हाथी के बच्चे के साथ खूब खेलते थे।

एक दिन सफेद हाथी की लीद नदी में बहकर उस स्थान पर चली गई, जहाँ राजा के हाथी नहाते थे। जब हाथियों को नहाने के लिए नौकर ने नदी में उतारा तो वे नदी में उतरे ही नहीं। हाथियों का मास्टर समझ गया कि किसी महान् हाथी की लीद नदी में आ गई है। इसी कारण हाथियों ने नदी में उतरने से इनकार कर दिया है।

जब राजा को इस बात का पता चला तो उन्होंने उस महान् हाथी को खोजना शुरू कर दिया। हाथी को खोजता हुआ राजा सैनिकों के साथ लकड़हारों की बस्ती में पहुँच गया। वहाँ महान् हाथी को देखकर राजा बहुत प्रसन्न हुआ।

सभी लकड़हारों ने राजा का स्वागत किया और उसकी जय-जयकार करने लगे। तभी सफेद हाथी ने अपना सिर झुकाकर राजा के चरणों में प्रणाम किया। राजा ने लकड़हारों से कहा, "हम इस सफेद हाथी को शाही हाथीखाने में ले जाना चाहते हैं, तुम्हें कोई एतराज तो नहीं है।"

सफेद हाथी बोला, "मैं इन लकड़हारों का बहुत आभारी हूँ। इन्होंने मुझे बहुत प्यार से पाला है। इन्हें खुश करना मेरा कर्तव्य है।"

सफेद हाथी की बात सुनकर राजा ने सभी लकड़हारों को एक-एक हजार स्वर्ण मुद्राएँ देने का वादा किया। सैनिकों को आदेश दिया कि इस स्थान पर इनके लिए पक्के मकान बना दिए जाएँ।

इसके बाद हाथी लकड़हारों से विदा लेकर राजा के साथ चल दिया। सभी लकड़हारे हाथी को विदा करते समय रो रहे थे। उन्होंने इनसानों से प्यार करने वाला ऐसा हाथी पहली बार देखा था।

हाथी को सजाकर पूरे शहर में घुमाया गया। पूरा शहर देवता समान हाथी के दर्शनों के लिए उमड़ पड़ा। हाथी की आँखों में मानव-प्रेम की झलक स्पष्ट दिखाई दे रही थी। प्रजा और मंत्रीगण हाथी के ऊपर फूलों की वर्षा कर रहे थे। पूरे शहर में हाथी की जय-जयकार हो रही थी। शाही हाथीखाने में हाथी के रहने का विशेष प्रबंध किया गया।

राजा उस हाथी से स्वयं मिलने आता था। हाथी से मिले बिना राजा भोजन तक नहीं करता था। हाथी के प्रति राजा का प्रेम देखकर मंत्री ने कहा, "महाराज, जितना प्रेम आप इस हाथी से करते हैं, उतना तो अपने सगे-संबंधियों से भी नहीं करते।"

राजा ने कहा, "मंत्रीजी, यह हाथी नहीं, कोई देवता है। मैं इसे भाई से भी अधिक प्रेम करता हूँ। इसे देखकर मुझे ऐसा लगता है, जैसे पिछले जन्म का भाई मिल गया हो।"

मंत्री ने भी राजा की बात का समर्थन करते हुए कहा, "महाराज, ऐसा लगता है कि हाथी के रूप में किसी देवता ने अवतार लिया है। उससे तो सारी प्रजा ही प्यार करती है।"

हाथी की लोकप्रियता को देखते हुए राजा ने उसे अपना आधा राज्य देने का निश्चय कर लिया। राजा ने मंत्री से कहा, "मंत्रीजी, यह हाथी जब से हमारे महल में आया है, तब से रानी गर्भवती हो गई हैं। यह हाथी सचमुच हमारे लिए भाग्यशाली है। इस हाथी की कृपा से हमें संतान की प्राप्ति हो जाएगी।"

सिंहासन का वारिस पैदा होने की खबर पूरे राज्य में फैल गई। राजा और प्रजा युवराज के पैदा होने का बेसब्री से इंतजार कर रहे थे। सभी हाथी को भाग्यशाली कहकर उसकी पूजा करने लगे।

जीवन में सुख-दुःख तो आता-जाता रहता है। हमेशा प्रसन्न रहने वाला राजा बीमार रहने लगा। बड़े-बड़े वैद्य-डॉक्टर भी राजा का इलाज न कर सके। आखिर एक दिन राजा का देहांत हो गया। राजा की मृत्यु का समाचार सुनते ही पूरे राज्य में उदासी छा गई। मंत्रिमंडल की आपातकालीन बैठक में राजा की मृत्यु का समाचार हाथी को न सुनाने का निर्णय लिया गया। कभी राजा की मृत्यु का समाचार सुनकर हाथी को कुछ हो न जाए। मंत्रियों का मानना था कि राजगद्दी का वारिस पैदा न होने के कारण हाथी ही प्रजा की रक्षा कर सकता है।

राजा की मृत्यु के बाद दूसरी मुसीबत और आ गई। पड़ोसी राजा ने

वाराणसी पर आक्रमण करने की घोषणा कर दी। युद्ध की घोषणा सुनकर मंत्रिमंडल ने पड़ोसी राजा से निवेदन किया, "कृपया, युद्ध को एक सप्ताह के लिए टाल दिया जाए। यदि महारानी ने पुत्र को जन्म दिया तो उसकी ओर से हम युद्ध करेंगे। यदि लड़की को जन्म दिया तो युद्ध का प्रश्न ही नहीं उठता। राजगद्दी का कोई वारिस न होने के कारण राज्य पड़ोसी राजा को सौंप दिया जाएगा।"

पड़ोसी राजा ने मंत्रिमंडल का यह प्रस्ताव स्वीकार कर लिया।

राज्य पर विनाश के बादल छाए हुए थे। अगर रानी ने पुत्र को जन्म दे भी दिया तो अभाव में सेना शत्रु के सामने कब तक टिक सकती है। केवल शाही हाथी ही इस मुसीबत से छुटकारा दिला सकता है। लेकिन सबसे बड़ी समस्या यह थी कि शाही हाथी को राजा की मृत्यु का समाचार कैसे दिया जाए। राजा का भाई होने के कारण हाथी आधे राज्य का मालिक था। उसे युद्ध करने का पूरा अधिकार था।

एक ओर तो रानी ने पुत्र को जन्म दिया और दूसरी तरफ युद्ध की घोषणा कर दी गई। ऐसे में युवराज के जन्म की खुशी युद्ध की चिनगारियों में दब गई। मंत्रिमंडल को राजगद्दी बचाने की चिंता सताए जा रही थी। तभी संधि का समय पूरा हो गया और राजा जयपाल ने वाराणसी पर आक्रमण कर दिया। दोनों सेनाओं में भयंकर युद्ध प्रारंभ हो गया।

वाराणसी की सेनाएँ राजा जयपाल के आक्रमण से डरकर लगातार

पीछे हट रही थीं। सब लोगों ने रानी से प्रार्थना की कि ''हमारे देश की स्वतंत्रता खतरे में है। यदि हम थोड़ी सी भी देर युद्ध के मैदान में रुके तो जयपाल हमारी बोटी-बोटी नोंच डालेगा। ऐसे में केवल शाही हाथी ही हमारे देश को बचा सकता है। उसके पास अद्भुत शक्ति है। वह राजा का भाई है, इस मुसीबत की घड़ी में हमें केवल शाही हाथी पर ही भरोसा है।''

तभी रानी ने हाथी से कहा, ''गजानन, राजा साहब की मृत्यु होने के कारण हमें अकेला समझकर राजा जयपाल ने हमारे राज्य पर आक्रमण कर दिया है। कुछ ही दिन में हमारे राज्य पर शत्रु का अधिकार हो जाएगा। ऐसे संकट के समय में हमारी रक्षा का भार तुम्हारे कंधों पर है।''

राजा की मृत्यु का समाचार सुनकर हाथी जोर-जोर से रोने लगा। रानी के सांत्वना देने पर हाथी ने युद्ध करने का निश्चय कर लिया। हाथी कहने लगा-''रानी माँ! मेरे रहते हमारे देश की ओर कोई आँख उठाकर भी नहीं देख सकता। मैं हाथियों की सेना लेकर युद्ध करने जा रहा हूँ।''

रानी के आदेश से सेना को तैयार कर दिया गया। आगे हाथियों की सेना और पीछे पैदल सेना युद्ध के मैदान की ओर चल पड़ी। वाराणसी की सेना ने पूरी शक्ति के साथ जयपाल की सेना पर आक्रमण कर दिया। मस्त हाथी शत्रु की सेना को कुचलते हुए आगे बढ़ रहा था। उसने जयपाल की सेना को खदेड़ दिया।

अपनी भागती हुई सेना को हिम्मत दिलाने के लिए जयपाल ने

शाही हाथी को घेरने की कोशिश की। लेकिन शाही हाथी में बहुत शक्ति थी। उसने अपनी सूँड़ से जयपाल का रथ ऊपर उठाकर जोर से जमीन पर पटक दिया। जयपाल भी मारा गया। राजा की मृत्यु का समाचार पाते ही उसकी सेना में भगदड़ मच गई।

चारों ओर शाही हाथी की जय-जयकार होने लगी। अपनी विजय का समाचार सुनकर रानी बहुत प्रसन्न हुई और बार-बार भगवान् को धन्यवाद देने लगी। रानी ने कहा, "शाही हाथी वास्तव में महान् देवता है। उसने हमें विनाश से बचाया है। वह सचमुच ही प्रजापालक हाथी है।"